光文社文庫

文庫書下ろし

月の鉢

九十九字ふしぎ屋 商い中

霜島けい

光 文 社

この作品は光文社文庫のために書下ろされました。

目次

第一話

月の鉢

一

葉月《はづき》（八月）の今宵は、十五夜である。

「これでよし、と」

店を閉めたあと、るいは裏にある蔵の横に台を置いて、薄《すすき》を飾った。三方《さんぽう》に盛った団子と、柿や梨を台の上に供える。店の中からよいしょと腰掛けを運んできて、蔵の壁に沿うように並べると、ぽんぽんと手をはたいた。

「おや、縁側じゃないのかい」

酒徳利《さかどつくり》を抱えて庭に出てきたナツが、首をかしげる。

「ここのほうがお月様がよく見えますし、それに」

るいが蔵に目をやるのと同時に、壁の表面が波打って作蔵《さくぞう》が首を突きだした。ついでに腕も伸ばして、ひょいひょいとナツを手招きした。

「おう、早いとこ一杯ついでくんな。名月を肴《さかな》に呑む酒はこたえられねぇや」

るいに小言を言われずに酒を呑むことのできる滅多にない機会とあって、作蔵は上機嫌だ。

「……ここなら、みんなでお月見ができると思って」

なるほどねと微笑《ほほえ》んで、ナツはるいの隣に腰を下ろした。

「去年の十五夜は、あんたは筧屋《かけいや》のほうにいたんだっけ」

「はい。女将《おかみ》さんや宿の人たちと一緒に月を見ました。賑《にぎ》やかだったけど、でもあそこじゃお父《と》っつぁんが顔を出すことができないから」

筧屋は店の近くにある旅籠《はたご》である。るいが寝起きしているのは筧屋の女中部屋、そこから毎日この九十九字屋《つくもじや》に通ってきている。今では旅籠の使用人たちともすっかり馴染《なじ》みになったるいだが、さすがに父親が妖怪『ぬりかべ』であることまでは知られるわけにはいかない。

「それにしたって、この店でお月見なんて何年ぶりだろうかね」

作蔵に盃《さかずき》を手渡して酒を注いでやりながら、ナツはしみじみと言った。

「そうなんですか？」

「冬吾《とうご》があまりやりたがらないんだ。よい思い出がないとかで」

「え、お月見に？」

「先代のキヨの時には、それでも薄も団子もきちんと供えていたんだけどさ」

そういえば、いくら声をかけても店主の冬吾が二階の自分の部屋から下りてくる気配がないのを、るいは訝《いぶか》しく思っていたのだ。

十五夜によい思い出がないとはどういうことだろう……と、しばし考えて、もしやと思い当たった。

「それ、もしかして周音《あまね》様のせいなんじゃ」

果たして、ナツは事も無げにああとうなずいた。

「うんと子供の時に、周音に辛子《からし》入りの団子を食わされたらしいよ」

辛子入りの、と想像しただけで口が曲がりそうになって、るいは顔をしかめた。

「わあ、意地悪」

冬吾の兄である佐々木《ささき》周音は、猿江町《さるえちょう》の辰巳《たつみ》神社の神職だ。両者が幼い頃から、兄弟仲はすこぶる悪い。

「さすがにその時は、周音も母親からこっぴどく叱られたらしいけど」

「なんていうか、周音様って冬吾様を苛《いじ》める機会を絶対に逃がさないというか……次から次に、よく思いつきますよね」

いっそ感心するわと、呆《あき》れつつもるいは思う。

その一方で周音は身体《からだ》の弱い弟をあやかしから守ってやっていたというのだから、なかなか複雑な関係の兄と弟である。

「じゃあ冬吾様は、無理にお誘いしないほうがいいかしら」

せっかく今年は一緒にお月見をしようと思ったのにと、るいはちょっとがっかりした。しかしまあ、月見にかぎったことではない。面倒くさいだの、人が多い場所は嫌だのと、行事があってもあれこれ理由をつけて冬吾が部屋から出てこないのは毎度のことなので、今回も仕方がないと諦めることにする。

「ナツさんは、いつもはどこでお月見をしていたんですか？」

「屋根の上」

「ええとそれは猫の姿で、ですよね」

「当たり前だろ」

盃をくいと干して、ナツはくっくと喉を鳴らした。すかさず背後の壁から伸びた作蔵の手が、徳利を摑《つか》んでその盃に酒を満たした。

「おや酌をしてくれるとは嬉しいね。それじゃ、ご返杯」

「おう、すまねえな」

中秋《ちゅうしゅう》の夜空にくっきりと、丸く大きな月が輝いている。あたりは白々と明るく、足もとに落ちる影までが鮮明だ。どこかで鈴を振るように虫が鳴いていた。

「綺麗ですねえ」

空を見上げて、るいはうっとりと呟《つぶや》いた。

そうだねとうなずいてから、ナツはふと笑う。

「だけど気をつけるんだよ。月の光に浮かれるのは、人間ばかりじゃないからね」

「え？」

首をかしげたるいの視線の先で、ナツは下駄を履いた足でとんと地面を軽く蹴った。

とたん、彼女の足もとの影が——いや、影の中に隠れていたモノがひらりと立ち上がり、黒い顔に口だけあけてけらけらと声をあげたかと思うと、そのまま煙のように空中に姿を消した。

「なんでえ、ありゃ？」と、作蔵が唸《うな》る。

「なに、たいした悪さはしないよ。あれはあやかしというほどの力もない、普段はそのあたりをふらふらと漂っているだけの、ただの気の凝《こご》りだ。こんな月が美しくて明るい晩には、そういうものがひょいとかたちを持ったりもするのさ」

ナツの言葉にあらためて庭を眺め渡すと、月の光がつくりだす木々の影の幾つかが不自然に揺れたように見えて、るいは小さく首をすくめた。

「もしかすると冬吾が月見を嫌うのも、ああいったよけいなものが山ほど見えちまうからかもしれないね。周音のせいばかりでもなくて」

お天道様《てんとうさま》の光より、月の光のほうがあやかしの姿を映しやすいからと、ナツは言う。

ああなるほどとうなずいてから、るいはあっと声をあげた。

「お団子が」

三方に盛られた月見団子が、いつの間にかごっそりと減っている。驚いてあたりを見回すと、くすくすきゃっきゃと子供みたいな笑い声が、庭の樹木の陰や縁の下からかすかに聞こえた。

「おやまあ、やられたね」

「明日のお味噌汁に入れるのに」

憮然《ぶぜん》とするるいの隣で、「だから気をつけろってことさ」とナツは楽しげに言って、猫が目を細めるように月を見上げた。

「いいじゃねえか。月見の団子は、他人に盗られてなんぼってな。……うお、こら⁉」

作蔵が素《す》っ頓狂《とんきょう》な声をあげたのは、その手もとから酒の徳利がするりと逃げて、とっとと庭の隅へ走っていってしまったからだ。

「おーい、戻ってこい！　えいくそ、戻ってきやがれ、俺の酒――！」

「……あの徳利って、いわくつきか何かですか？」

るいが訊《き》くと、「まだ手足が生えるほど古くはないと思うけどねぇ」とナツは首をかしげた。

「おい、るい。ぼんやりしてねえで、あいつを捕まえてこい」

「はいはい」

追いかけたが、徳利はひょいひょいと身軽に逃げ回る。こっちをからかっているのだろう。それをようやく両手でふん捕まえて、るいは大きなため息をついた。

「なんだかずいぶん賑やかなお月見だわ」

来年の十五夜には、あやかしたちの分も団子を用意したほうがいいかしら。とすると余分にあと十個、ううん三方がもうひとつ必要かも……と、せっかくの月を眺めながらもそんなことでぐるぐると悩むるいであった。

二

その翌々日。

「あら」

店の戸を開けて、さあ表の掃除にとりかかろうと箒《ほうき》を手に外に出たところで、るいは目を瞠《みは》った。店の前に、いつの間にかひっそりと佇《たたず》む者の姿があったのだ。

女だ。なりからして町人、どこぞの長屋の女房という風情《ふぜい》である。その着物の袖にしがみついているのは、まだ三、四歳ばかりの幼い女の子。どうやら母娘であるらしい。

女は青白い顔を伏せて、足もとをじっと見つめたままだ。片手で胸のあたりをきゅっと摑《つか》んでいるのが、いかにも心細げに見える。

「あの、うちの店にご用でしょうか」

るいが声をかけると、女の子がきょとんと見返してきた。笑いかけてやると、急いで母親の後ろに隠れて顔だけのぞかせる。あどけなくはにかむ仕草が可愛らしい。

女はやっと目をあげてるいを見た。か細い声で、ご店主はいらっしゃいますかと言った。

「以前にうちの人が、こちらのご店主にお世話になりました。建具職人の清一《せいいち》の女房で、タカと申します。こちらは娘のお梅《うめ》」

「はい。店主ならおりますが」

るいは、ちらと店の中に視線を投げた。いるにはいるが、店を開けたばかりの時刻だから、冬吾は部屋でまだ寝ているに違いない。

「ご店主にどうしてもお伝えしたいことが、いえ、助けていただきたいことが……うちの人のことで……あたしには、どうしたらよいのか……」

途切れて消え入るような言葉のあとに、あたしのような者がいきなり訪ねてきて申し訳ありませんと、女は詫《わ》びた。けれども後生です、どうかうちの人をお助けくださいと繰り返す。

縋《すが》る口調に、なんだかわからないけど多分よほどのことなんだわと、るいは思った。

「あたしはこの店の奉公人です。店主に伝えますので、差し支えなければもう少し詳しくお話をおうかがいしても？」

しかしタカはまた目を伏せると、黙り込んでしまった。

わかりましたと、るいは勢い込んでうなずいた。

「店主を叩き起こして……じゃなくて、呼んでまいりますので、少々お待ちください」

店に招き入れてよいかどうかは、まだわからない。るいは箒を放りだすと、母娘をその場に待たせて店の中にとって返した。急いで階段をあがり、二階の部屋の襖《ふすま》の前で声を張り上げた。

「冬吾様！　起きてください、冬吾様！」

「ああ」だか「うう」だか寝ぼけた唸り声のあとに、「なんだ」と欠伸《あくび》交じりの返事が聞こえた。

「冬吾様を訪ねてらした人がいます。子供を連れた女の人です」

「店の客か？」

「違うと思いますよ。何か事情があって助けてほしいそうなので」

るいは小さく息をついて、つけ加えた。

「それに、もうお亡くなりになっていますから」

あの母も娘も、すでに生きた人間ではない。幽霊だ。お梅のあどけない顔を思い浮かべ、あんなに小さいのにとるいはまた、ため息を漏らした。

「死者が来ただと？　こんな朝っぱらから」

世間の人々はとうに起きて働いている時間ですけどねと、るいは思う。

「以前に冬吾様にお世話になったと言っていました」

「名乗ったか？」

「ええと、建具職人の清一という人の女房のタカさんと、娘のお梅ちゃんだそうです」

しばし沈黙があってから、からりと襖が開いて、冬吾が寝起きの不機嫌な顔を突きだした。

(あら、いい男が台無し)

寝間着のままだし、ぼさぼさの髪には寝癖までついているし。

「清一の女房だと言ったんだな？」

「はい」

「わかった」

冬吾は頭を掻《か》きながら、苦いものでも嚙《か》んだような表情を見せた。

「すぐに行くから、座敷に通してくれ」

るいは階段を走り下りて、店の外へ出た。

だが。

(いない……？)

そこに、母娘の姿はなかった。

るいが目を丸くしながらいくら見回しても、朝の光が降りそそぐ路地は、端《はな》から誰もいなかったかのように人影なく静まり返っているばかりであった。


およそ半刻《はんとき》の後。

「冬吾様、これからどこへ行くんですか？」

急ぎ足の冬吾を小走りで追いかけながら、るいは首を捻《ひね》った。深川《ふかがわ》の北を流れる竪川《たてかわ》に沿ってずっと歩いてきて、ちょうど対岸へ渡る橋が見えてきたところだ。

着替えて二階から下りてきた冬吾に、タカとお梅の姿が消えたことを伝えた。しかし冬吾は驚いた様子もなく、ふんと鼻を鳴らしたきり。手早く顔を洗って身支度を調えると、草履《ぞうり》に足を突っ込んで「ついて来い」とるいに言っただけで店を出ていってしまった。慌ててそのあとを追ったので、行き先は結局訊かず仕舞いであったのだ。

「本所入江町《ほんじょいりえちょう》だ」

足を止めもせず、冬吾は返事した。

「えっと、そこに……？」

「建具職人の清一の長屋がある」

そうかと、るいは目を瞠った。

以前に店主に世話になったとタカが言っていた。ひょっとすると、清一という人は九十九字屋の客だったのかもしれない。

（だったら住んでいる場所だってわかるわね）

でも、どういう客だったのだろう。冬吾がこれほど急いでいるということは、きっとその人の身に何かよほど悪いことがふりかかったに違いない。

タカはきっと、冬吾を呼びに来たのだ。それで話が通じれば事足りて、消えてしまったのだ。

よし、合点した。そういうことなら急がなければと、るいはせっせと足を動かした。

長屋に到着した時、一軒の家の戸口から医者が出てくるのが見えた。木戸まで見送りにでた老人が、なりからしてこの長屋の差配人だろう。難しい顔で医者と言葉を交わしてから、ふたたび長屋の路地に引っ込もうとしたところを、冬吾が呼び止めた。

「すみませんが、今、医者が出ていったのは清一さんの家じゃありませんか？」

老人は振り返り、冬吾とその後ろにいるるいを見て、怪訝《けげん》そうに白いものの混じった眉を寄せた。

「ええ、そうですが」

「清一さんの身に何かありましたか」

「失礼ですが、清一のお知り合いの方で？」

まあそんなところですと冬吾が無愛想に言ったものだから、差配人はいっそう怪訝な表情で、なんとなく身構えたようになった。冬吾様ったらと、るいは胸の内でため息をつく。ただでさえ、目鬘《めかずら》みたいな大きな眼鏡と、ぼさっと額に垂れかかった前髪のせいで、顔もよくわからなければ年齢も職業も不詳という見てくれなのだ。そのうえ、そんな木で鼻を括《くく》ったような物言いでは、相手に怪しまれても仕方がない。

その時、井戸端でチラチラとこちらをうかがっていたおかみさんたちの中から、「おや」と声があがった。

「あんた、もしかして――」

　足早に近づいてきたのは、でっぷりと太った中年の女である。間近で冬吾を見つめると、ああやっぱりと朗らかに言った。

「見覚えがあると思ったら、以前に清一さんを訪ねてきた人だろ。ええと、一二三屋《ひふみや》だか七五三屋《ひちごさんや》だったか……」

「私は九十九字屋の店主の冬吾という者です」

　冬吾がぼそぼそと言うと、女は「おや、そうだったか」と笑った。

「本当かい、お繁《しげ》さん」

「いやですよ、あたしゃ読み書きは苦手でも、他人様《ひとさま》の顔を覚えるのは得意でしてね。差配さん、ほら、前に清一さんが騒ぎを起こしたことがあったじゃないですか。……ええと、三年前でしたっけ。このお人はその頃にここを訪ねてきたんですよ」

　三年前と呟いて、老人は顔をしかめた。が、冬吾に向けた目は和らいでいる。

　差配人は宗兵衛《そうべえ》と名乗り、そういうことでしたらと九十九字屋の二人を木戸の内に招き入れた。

「気を悪くしないでくださいよ。どうやっても清一の職人仲間には見えませんでしたから、どのようなお知り合いかとつい勘ぐってしまいましてね。悪い癖ですな。こういうことにいちいち目くじらを立てるせいで、店子《たなこ》たちからはすっかり煙たがられております」

それは目配りのきく差配人ということだろう。お繁という女の気易《きやす》い口ぶりからして、宗兵衛はけして店子たちから悪くは思われていない。長屋の住人の世話を焼くのが差配人の務め、それがどれほど気苦労を背負い込むものであるかは、三月《みつき》ほど前の蛙《かえる》の弥《や》吉《きち》の一件で、るいにもよくわかる。

「しかしせっかくおいでになっても、話はできませんよ。清一は、今――」

「突然倒れて、それきり目を覚ましませんか」

ちょうど戸口の前に立ったところで、宗兵衛は冬吾の言葉に驚いた顔をした。

「どうしてそれを？」

冬吾は答えず、自分で戸に手をかけて開くと、さっさと中へ入った。

奥行き二間の畳敷きに、男が一人布団に寝かされていた。つき添う者の姿はない。冬吾は草履を脱いで部屋に上がり込み、宗兵衛とるいもそれにつづいた。

（この人が清一さん……）

横になっているのではっきりとはわからないが、見たところ歳《とし》は三十路《みそじ》に手が届くかどうかといったところ。冬吾が枕元に腰を据えても、清一は目を閉じたままで夜具の下の身体はぴくりとも動く気配はなかった。

邪魔にならないように隅っこに座って、るいは部屋をそっと見回した。職人の家らしく、日々の暮らしに使う品々に混じって、鋸《のこぎり》や鉋《かんな》といった仕事道具が幾つも木箱に収めて置かれている。奥の箪笥《たんす》の上に小さな仏壇。タカさんとお梅ちゃんのだわと、るいは小さく息を吐いた。

「昨日のことです。清一が昼になっても外に出てこないのを、長屋の住人たちが不審に思いましてな。部屋をのぞいたところ、清一はそこの裏庭で仰向《あおむ》けに倒れておりました」

枕元をはさんで冬吾の反対側に座っていた宗兵衛が、ゆるゆると白髪頭を振りながら言った。

皆でともかく布団を敷いて寝かせたが、いくら声をかけようが揺さぶろうが、清一はぐったりしたまま目を開けなかった。すぐに医者を呼んだが、わかったのは流行病《はやりやまい》の類《たぐい》ではなかろうということくらいだ。

「清一は丈夫な男で、私の知るかぎりではこれまで病を患ったことなどありませんでした。医者の言葉を信じるならば重篤な病気ではなさそうですし、いくらなんでもそのうち目を覚ますだろう、しばらくこのまま様子を見るしかないということになりましてね」

確かにこうして話をしている時にも、横たわってすうすうと息をしている清一の様は、深く寝入っているようにしか見えない。

しかし一晩経《た》っても清一の意識は戻らず、やはりこれは大事《おおごと》ではないかと考えた宗兵衛は、昨日とは別の医者に清一を診《み》せることにした。

ところが界隈《かいわい》では腕がよいと噂されるその医者も清一の有様《ありさま》には首を捻るばかり、脈をとったり口を開けて中をのぞき込んだりと、通り一遍のことをしただけで匙《さじ》を投げたらしい。持病でもあるのだろう、目を覚ましたら滋養のつくものを食べさせるように、などと曖昧《あいまい》なことを言って退散してしまった。

目が覚めたらではなく、目が覚めぬから困っているのではないかという言葉を宗兵衛がぐっと呑み込んだ――ところに、冬吾とるいがやって来たというわけである。

「医者にも原因がわからないでは、どうしようもありません。やはり清一が自分で目を覚ますまで待つしかないのでしょうな」

「いくら待ったところで、このままではこの男は目を覚ましませんよ」

宗兵衛が吐息混じりに話し終えると、冬吾はきっぱりと言った。

「放っておけば命はありません。意識がない状態では、水も飲めず食事もできませんから、いずれ干涸《ひから》びるか飢えて死ぬかです」

そんな、と宗兵衛は顔を青くした。

「目を覚まさないとは、どうしてわかるのです？　もしやあなたも医者ですか」

清一が何の病かわかるのかと身を乗り出した差配人に、冬吾は肩をすくめてみせた。

「医者ではありません。それにこれは、医者の領分ではない」

「と、言われますと？」

「こうなった原因は病ではなく、この男の身体から魂が抜けてしまっているからです」

「は？」

宗兵衛は目を剝《む》いた。いきなり魂が云々《うんぬん》などと言われれば当然だが、冬吾は相手の反応などおかまいなしだ。説明は面倒とばかりに、

「倒れていた時に、この男のそばに平鉢《ひらばち》が置いてありませんでしたか？　これくらい

の」

両手を一尺ばかり広げてみせる。

宗兵衛は首をかしげてから、ああそれならとうなずいた。

「平鉢なら裏庭の縁側に、ええ、まだあるはずですよ。水がたっぷり張ってありましたから、何か飼っているのかと思ってのぞいてみたのですが、金魚の一匹もおりませんでしたな。そのあとは清一のことにかまけてすっかり忘れておりましたが……その平鉢が何か？」

「ほう、水も入ったままですか」

はぐらかすように言って冬吾は立ち上がると、奥の障子を開いた。申し訳程度に板が張り出した狭い縁側から、それらしき平鉢を運んできて、枕元に置いた。宗兵衛が言ったとおり、鉢の縁《ふち》近くまで水が張ってある。

るいは部屋の隅からしげしげと、目をこらした。一見すれば何の変哲もない平鉢である。色は墨のごとき黒一色で、確かに金魚でも泳がせれば映えるだろう。飾りや模様があるでなし、たいして高価そうな品には見えなかった。

（でもきっと、何かいわくのある品なんだわ）

それを訊いてみたくてうずうずしたが、どうにか堪《こら》えた。九十九字屋の奉公人としてはここはむやみに口を開かず、はいあたしは万事心得ておりますよとすました顔で座っているべきであろう。あたしも成長したものだわと、胸の内でおのれを褒《ほ》めてやったるいだ。

そんな彼女の葛藤《かっとう》になど頓着せず、

「昨日今日のことだったのが、幸いしたな。もっと日が経っていれば、魂と肉体を結ぶ糸が切れて手遅れになるところだった」

平鉢をのぞき込んで、冬吾は呟いた。それから顔をあげると、

「すみませんが、よいと言うまで外に出ていてもらえませんか」

場を外せと言われて、宗兵衛は腑《ふ》に落ちない顔をした。先ほどから何を問うても要領を得ない返事しか返ってこないのだから、無理もない。

「何をなさるおつもりで？」

「清一さんの魂を呼び戻します。無事に戻ってくれれば、目を覚ますはずです」

「魂を……いや、そんなことができるものなのですか？……呼び戻すとは、どこからどうやって」

「できなければわざわざ来ませんよ。この平鉢はうちの店の品でしてね、今まで清一さんにお貸ししていたものです。なので、こうなった責任はうちにもあります」

こういうことはきちんと対処しなければ、店の信用問題に係わりますから——と、言いながら冬吾の目はもう宗兵衛を見てはいない。目の前で意識なく横になっている男の顔を見つめている。

「この品は扱いを間違えると危険だと、清一さんにはくどいほど言ってあったのですがね」

失礼ですがと言い差し、宗兵衛はいっそう身を乗り出した。

「九十九字屋さん、と仰《おつしや》いましたね。全体そちらは、何の商いをなさっておられるのです？」

どうやら店子の心配よりも好奇心のほうが勝ってしまったらしい老人に、

「よろず不思議、承《うけたまわ》り候《そうろう》」ぼそぼそと、相手に顔を向けぬまま冬吾は店の謳《うた》い文句を口にした。「当店では、この世の『不思議』を商品として売り買いしております」

「この世の不思議……はて、それは」

冬吾は吐息をつくと、るいに目配せした。これ以上居座られても、相手にしている時間が惜しいというわけだ。

（え、あたし？）

次にはさっさとしろと顎《あご》をしゃくられて、渋々立ち上がる。

（差配人としてはいい人なんでしょうけど、確かにちょっと煙ったいかも）

幽霊なら軽々と外にぶん投げることだってできるのに、などと思いながら、るいは首を捻《ひね》るばかりでいっこうに動こうとしない老人の袖を引いた。

「大丈夫です。ここは冬吾様にまかせてください」

にこりと笑いかけると、宗兵衛はようやく気づいたように腰を上げた。

「……ああ、ところでもうひとつ、お訊《たず》ねしてもよいですかね」

だがしかし、るいに背中を押されて路地に出たところで、老人は振り返って言ったものだ。

「今日こちらにいらしたということは、清一がこうなったことをご存じだったのでしょう。けれども長屋の者がそちらに知らせに行ったとは思えませんので、はて、どうやってわかったのかと……」

「虫の知らせです」

正しくは死んだ女房と娘が知らせにきたのだが、もはや取りつく島もない冬吾の返答であった。

呼ぶまで待っていてくださいね、勝手に入ってきちゃ駄目ですよと宗兵衛に念を押してから、るいは戸を閉めた。

そうして踵《きびす》を返すと、下駄を脱ぎ飛ばして、冬吾の傍《かたわ》らに腰を下ろした。

「冬吾様、この平鉢って何ですか、どういういわくがあるんですか？ どうして清一さんの魂が抜けちまったんですか。どうやって助けるんですか？」

うるさいと睨《にら》まれて、だってとるいは口を尖《とが》らせる。

「あたしだって、ずっと訊きたいのを我慢してたんですよう」

そうだそうだという声とともに、そばの壁に作蔵のしかめっ面《つら》が浮き上がった。いつもより顔が平たく薄く見えるのは、長屋の壁が粗末で厚みがないせいだ。もと左官職人にして現在ぬりかべである作蔵が言うには、壁というものはどっしり分厚くあるべきで、さもなければ長屋の壁ならばまだしも、もっと薄い木の塀では顔を出すことさえままならないというわけだ。

「おい店主、どういうことか説明しやがれ」

「あら、お父っつぁんは出てこないでよ」

「なんだと、あの差配人がいたから今までおとなしくしていてやったんだ。奴《やっこ》さんがやっと出てったってのに、父親に顔を出すなたぁどういう了見《りょうけん》だ!?」

「だから、お父っつぁんの声が外に聞こえたら、宗兵衛さんに怪しまれるでしょ！」

「うるせえうるせえ、おめえの声のほうがよほどデカいじゃねえかよ！」

「――親子ゲンカならよそでやれ」

冬吾の冷ややかな声に、父娘はぴたりと口を閉ざした。

「時間が惜しい。説明ならあとでしてやる」

どいつもこいつも、と鼻を鳴らすと、冬吾は平鉢の水を指でぐるりと掻き回した。何事か口の中で呟いてから、袖をまくって水の中に片手を浸す。

次の瞬間、るいは目を見開いた。どう見ても二寸ほどの深さしかない平鉢の中に、冬吾の腕が肘のあたりまでずぶりと沈み込んだからである。

「どど、どうなってんだ、そりゃ？　手妻《てづま》じゃあるめえし」

作蔵が仰天した声をあげる。

「半刻ほどで戻る。それまで誰も部屋へ入ってこないよう、しっかり見張っていろ。鉢をひっくり返されたり水をこぼされでもしたら、厄介だからな」

「え、あの、冬吾様。どこかへ行くんですか？」

るいはぽかんとしたままで訊ねた。

「清一を呼び戻すと言ったはずだ。正確には今から迎えに行く。——それと、何があっても私の身体には触れるんじゃないぞ」

そう言うやいなや、冬吾の身体がぐらりと揺れた。腕を鉢の水に浸したまま、ぱたっと横に倒れたのを見て、

「きゃあ、冬吾様っ？」

思わず悲鳴をあげてしまったるいである。

とたん、戸口が激しく叩かれた。

「どうなさったんです!?　今の悲鳴は一体——？」

宗兵衛の声にるいは飛び上がり、慌てて戸口に駆け寄った。戸が開かないよう心張《しんば》り棒《ぼう》をかいておいてよかった、と思う。

「何でもありませんから、大丈夫ですから、ご心配なく！」

「しかし」
「あの、……ね、鼠《ねずみ》！　鼠がいたので驚いただけです！」
はぁ、と宗兵衛の気の抜けた声とともに、戸を叩く音が止《や》んだ。るいはホッとして
「もうしばらくお待ちください。ええと、多分あと半刻ばかり」と外に声をかけてから、
倒れている冬吾のそばに戻った。
身体に触るなと言われているので、そうっと顔をのぞき見る。すうすうと息をしなが
ら眠っているようにしか見えないのは、傍らで布団に寝ている清一と同じだ。
「まさかこのまま、二人揃って目を覚まさねえなんてこたぁ、ねえだろうな」
「しいっ、お父っつぁん」
もしかすると宗兵衛が外で聞き耳を立てているかもしれないので、るいは壁ににじり
寄って声を低めた。
「嫌なこと言わないでよ」
「けどよ、こりゃどういうこった？　清一って野郎を迎えに行く？　ってことは、その
魂ってのが金魚みてえに鉢の水の中にいるってのか？」
「そんなこと、あたしが知るわけないでしょ」

るいは平鉢をのぞいた。まるで底が深い穴にでもつながっているみたいに、冬吾の手の先がゆらゆらと下のほうに見える。念のために横からもじっくりと眺めてみたが、当然、平鉢の下には畳があるだけだ。

「うーん？」

ちょっと考えてから、まあいいかとるいは思った。ここでいくら首を捻ったたって、わかるわけでなし。

これまで不思議なことは山ほど見てきたし、ついでに言えばしょっちゅう店に閑古鳥が鳴いているせいで暇を持て余すことにも慣れている。半刻くらいはどうってことないわと思いながらあたりを見回して、ふと土間の竈《かまど》に蜘蛛《くも》の巣が張っていることに気がついた。

(男の一人暮らしって、これだから)

どうせ暇なら掃除でもして待っていようと、るいは立ち上がった。

ありがたいことに、冬吾が意識を取り戻すまでに半刻はかからなかった。

探しだしたぼろ布であちこちをほどほどに——なにせ他人様の家だ——拭いてまわっ

て、やれやれと上がり口に腰を下ろした頃合いで、冬吾はむくりと身体を起こした。

「あ、冬吾様。お帰りなさい」

と言っていいのやら、ともかく目を覚ましてよかったと思いながら、るいは雑巾がわりにしていた布を放りだして、彼の傍らに膝をついた。

おかしな体勢で寝転んでいたので首でも凝ったのか、冬吾は頭を左右にかたむけながら空いた手でうなじのあたりを撫《な》でている。もう一方の手は、まだ平鉢に突っ込んだままだ。

それからようやく居住まいを正した店主に、

「あの、それで……清一さんは」

るいはおそるおそる訊ねた。

「連れ戻した」

言葉少なく答えると、冬吾はゆっくりと水の中から腕を引き抜いた。畳に滴が垂れるのもかまわず、焦《じ》れったくなるほどそろそろと水面《みなも》から出した手、その指先が光る細い糸のようなものを摘《つま》んでいる。るいは思わず息をつめて、それを凝視した。

冬吾の手の動きとともに、一筋の光の糸のようなものはつうっと水の中から繰り出されて上に伸びてゆく。どこまで、と思ったとたんに、その端が水を離れて指からぶら下がった。

「何ですか、それ？」

「清一だ」

つまり、清一の魂ということだろう。以前にるいが見たことのある魂は、蛍みたいな光の粒だった。これはまるで蜘蛛《くも》の糸みたいだ。

（人の魂って、いろんなかたちをしているのねえ）

もともと目に見えないのだから、かたちも何もあったものではないが、るいは勝手にそう納得して感心した。

冬吾はくるくると指先を回して、光る糸を飴《あめ》のように巻き取った。そうして膝で清一ににじり寄ると、少しだけ開いていたその口の中に、絡んだ糸の塊をひょいと落とし込んだ。

う、と清一は呻《うめ》いたようだ。身体が一瞬、跳ねるように震えた。が、それで目を開けて起き上がるわけでもない。相変わらず棒のように横たわったままである。

「これでいい」

やれやれと、冬吾は呟いた。

「でも、さっきと変わってないみたいですけど」

傍らで、清一の顔をのぞき込んでいたるいが、首を捻る。

「今は本当に眠っているだけだ。もうしばらくすれば、目を覚ます」

ふんと鼻を鳴らして、冬吾は立ち上がった。平鉢を掴んで縁側に出ると、中の水を裏庭にぶちまける。水滴を拭《ぬぐ》って、持参していた風呂敷で平鉢を丁寧に包んで小脇に抱えた。

「帰るぞ」

「清一さんが起きるまで待たなくてもいいんですか？」

「こちらがやるべきことはすんだからな」

長居をしてまたあの差配人から質問攻めにあうのも面倒だと、冬吾はさっさと戸口へ向かう。るいは慌てて先に土間に降りて、戸を開けた。

とたん、わっと思わず声がでたのは、当の宗兵衛が目の前にいたからだ。

「差配さん、ずっとここに立っていらしたんですか？」

まさかと宗兵衛は顔をしかめた。

「半刻待てと仰ったので、一度家に戻って一服してから出直しましたよ」

「あ、そうですか」

見れば宗兵衛だけではない。その後ろには、お繁をはじめ長屋の他の住人たちまでが野次馬よろしく戸口の前に集まっていた。

(うわあ、どうしよう)

背後で、冬吾が深々とため息をついたのがわかった。

「清一は――」

「もう大丈夫です」

宗兵衛がせかせかと口を開くのを制するように、冬吾は素早く路地に出てきっぱりと言った。

「じきに目覚めます。病を患《わずら》ったわけではないので、すぐにもとのように元気になるでしょう」

住人たちはどっと声をあげ、よかったよかったと口々に言い合う。宗兵衛もほっと安《あん》堵《ど》した表情を見せた。

「本当ですか。やれ、助かりました。清一にかわってお礼を申しますよ」

もうお帰りですかと訊く老人に、「用件はすみましたので」と冬吾は素っ気ない会釈を返して立ち去ろうとした。木戸まで見送りに出がてら、その小脇に抱えられた風呂敷包みに目を留めて、宗兵衛はおやという顔をする。

「それは先ほどの平鉢ですか。お持ち帰りに？」

「もとはうちの品です。こういうことがあっては、もうここには置いておけませんからね。九十九字屋に返してもらうと、清一さんにはお伝えください」

「はあ、なるほど。とすると、やはり、その平鉢は清一の魂が抜けてしまったことと関係が――」

そこまで、というように、冬吾は宗兵衛の眼前にさっと手をかざした。とっさにしたことだろう。るいがあたりを見回すと、いったんは戸口の前から散った長屋の住人たちが、路地のそこここでこちらを見ている。るいと目があうと、慌てたように目を逸《そ》らせた。どうやら、聞き耳を立てていたらしい。

と、したり顔で宗兵衛が言った。

「店子が世話になったというのに、何の礼もせぬというわけにはまいりませんな。ちょうど昼餉《ひるげ》の時分です。近くに美味《うま》い鰻《うなぎ》屋がございますので、よろしければそちらへご案内いたしますよ。ええもちろん、お急ぎでなければですが」

年の功と言うべきか、なかなかに手強《てごわ》い。

冬吾は口を開きかけたが、

(え……、鰻?)

それより早く、るいの腹がきゅるると音を立てた。慌てて手で腹を押さえて、るいは赤くなった。

「ご、ごめんなさいっ」

宗次郎は目を瞠ると、優しい目になって笑った。冬吾がやれやれと息を吐く。

「わかりました。それでは遠慮なく呼ばれましょう」

宗兵衛の案内で歩きだしながら、るいはすみませんと冬吾に囁《ささや》いた。

「帰るはずだったのに。……よかったんですか?」

仕方がないと、冬吾も低い声を返す。

「この調子では、目を覚ました清一からもいろいろと聞きだそうとするかもしれん。おかしな噂を立てられるよりは、いっそ話しておくほうがよいだろう」

諦めた様子の冬吾だったが、横目でるいを睨んで「だからおまえは子供なんだ」とつけ加えることは忘れなかった。

三

案内された鰻屋は、なるほど宗兵衛が言うとおりに美味い店であった。鰻はこんがりと香ばしく、たれの甘辛具合も絶妙だ。宗兵衛は気を利かせて、九十九字屋の二人のために静かな二階に部屋を取っていた。

「……事情はご存じかと思いますが、清一は三年前に女房のタカと娘のお梅を火事で亡くしておりましてね」

食べ終える頃合いで、それまで当たり障りのない世間話などしていた宗兵衛が、そう切りだした。

「タカさんは偶《たま》さか実家に帰っていて、災難に巻き込まれたとか」と、冬吾。

はいと宗兵衛はうなずいた。

「実家は確か、深川の島崎町《しまざきちょう》でしたか。父親が病で寝込んだために、お梅を連れて見舞いに行っていたおりのことです。タカは幼い頃に母親を亡くしたとかで、そうなると父親の世話をする者が他にはおりませんでな。何日か泊まり込んでいたところに、近所から火が出て――」

あっという間にタカたちのいた長屋にまで燃え広がったらしい。夜半であったし、ろくに身動きのできぬ病人を抱えて、逃げ遅れたのだろう。不運なことだったと、宗兵衛は言った。

「タカとお梅が死んでからは、清一はすっかり気力を失って、まるで本人までが死人になっちまったみたいでした。夫婦仲は良かったし、清一はお梅のことをたいそう可愛がっておりましたから。長屋の者たちもそれは気の毒がったものです」

その当時、清一は仕事が忙しく普請場《ふしんば》から戻らない日もたびたびあった。だからタカは幼い娘を実家に一緒に連れていったのだ。あたしらでお梅ちゃんの面倒をみればよかった、こっちに残していけばせめてお梅ちゃんだけでも助かったのに――と、宗兵衛長屋のおかみさんたちは、そのあとしばらく井戸端で顔をあわせればそんなふうに言って皆でため息をついていたらしい。

(そんなことが……)

今朝、店の前にひっそりと佇んでいた母娘の姿を思いだして、るいは胸が詰まった。

食事が終わるまでこの話に触れなかったのは、宗兵衛の気遣いであろう。食事中であったら、喉まで詰まってしまったかもしれない。

「清一がそこの川に身を投げたのは、四十九日がようよう過ぎた頃でした」

宗兵衛が淡々とつづけたので、思わずるいは「え？」と訊き返してしまった。

「身投げを……？」

「ええ」

部屋の戸を閉ざしたまま仕事にも行かず、寂しさを紛らわせる酒を吞むことはあってもろくに食事もせず、げっそりと窶《やつ》れ衰えてゆく清一の様子に、このままでは女房娘の後追いをするのではないかと宗兵衛が案じていた矢先のことだったという。

「日が暮れてから橋から川に飛び込んだのですが、運良くと言いますか、たまたまそこに按摩《あんま》が通りかかりましてな」

按摩さん、とるいは首をかしげる。冬吾のほうはそれもすでに聞いていた話なのか、無言で傍らに置いた風呂敷包みに目をやったままだ。

「あの人たちは、まあ、目が見えぬぶん耳がよい。水音を聞いて、すぐに人が落ちた音だと気づいたそうで、これはいかんと持っていた客引きの竹笛を吹き鳴らしたと」

よほど大きな音だったのか、驚いて集まってきた人々によって、清一は川から救い上げられ命を取りとめた。

初《しょ》っ端《ぱな》にお繁が言っていた、三年前に清一が起こした騒ぎというのは、その一件のことだったのだ。

「しかし命が助かったとはいえ、清一本人に生きる気がないのではどうしようもありません。放っておけば遅かれ早かれ、また身を投げようとするか、首でも吊ろうとするか……とはいえ、二六時中見張っているわけにもいきませんからな。どうしたものかと、傍《はた》からは思いあぐねて手をこまねいているしかありませんでした」

ところが、だ。ある時から清一の様子が一変したと、宗兵衛は言った。

差配さん、俺は馬鹿なことをした。差配さんにもたいそうな迷惑をかけてしまった、このとおりだ――と、清一は宗兵衛のもとにやってきて、手をついて詫びたという。まだ窶れてはいたが、髭《ひげ》を剃り髷《まげ》も結い直し、さっぱりと清潔ななりになっていた。なにより、死んだ魚のようになっていた目に光があった。明日からまた仕事に出ますと言う、そのしっかりとした声も表情も、宗兵衛がよく知っている以前の清一のそれであった。

清一は長屋の住人たちの一人一人に同じように頭を下げ、翌日からは本当に仕事場に顔を出すようになった。

「清一がもとに戻ったことは、むろん喜ばしいことでしたが、しかし一体何があったのかとどこか腑に落ちぬ思いもありました。訊ねても清一は、それは訊かないでくれと首を振るばかりで」

長屋の他の住人たちも、まるで憑《つ》き物が落ちたかのように元気になった清一を見て、おおいに不思議がった。だが詮索も憶測も日々が過ぎるうちに皆の口にのぼらなくなり、そのまま三年が経って、どうかすると宗兵衛もその出来事を、清一についてのあれこれを忘れかけていたのだ。それはもう過去のこと。そのはずだった。

ところが今度の一件で、宗兵衛はまた思いだした。三年前の腑に落ちぬ思いは消えてはいない。あの時、生きる気力を失っていた清一に何があったのか。そして今になって、清一の身に何が起こったのか。

宗兵衛は目を細めて、冬吾に視線を据えた。

「先ほど外で待っている間に、ふと思い当たりましてね。九十九字屋さん、あなたは三年前に清一を訪ねていらした。その時に、その」ちらと風呂敷包みを一瞥《いちべつ》して、老人はつづける。「平鉢を清一にお渡しになったのでしょう。店の品を貸したと仰っていましたな。九十九字屋さんでは、『不思議』を商品として扱ってらっしゃるとのこと。――どうか教えてもらえませんか。一体その平鉢は、どのようなものなのでしょう」

それはるいもぜひ知りたいことであったから、固唾《かたず》を呑んで冬吾を見つめた。

お話しするのはかまいませんがと、冬吾は肩をすくめた。

「その前に約束していただきたい。このことはあなた一人の胸におさめて、けして他人には言わないと」

「それは……そうしろと仰るならば」

「清一さんにも、他言はしないと約束してもらいました。だからあなたに何を訊かれても、清一さんはこの平鉢のことは明かさなかったのです」

もし他人に話したらどうなるのですかと、宗兵衛は困惑したように訊いた。

「死人が出ることになるかもしれません」

平然と言って、冬吾は風呂敷の包みを解くと、平鉢を自分の膝の前に置いた。

「げんに清一さんは、私が来なければ命を落としていたでしょう。これまでにも、この平鉢を手にしたために亡くなった者は何人もいます。彼らは皆、魂が身体から抜けたまま戻らず、死に至りました」

それを聞いて、るいはぞっとした。宗兵衛の表情にも怖《おそ》れが浮かんでいる。

「誰にも話すなと仰るのは、つまり――」

「話が世間に広まれば、これを手に入れたいと望む人間が必ずあらわれる。そうなればまた同じことが起こらないとはかぎりませんからね」

「命を失うかもしれないとわかっていても、欲しがるものですかな？」

わかっていても、と冬吾はうなずいた。

「この品を扱うには、決まり事があります。それを破れば命に係わる。困るのは、命と引き替えでもかまわないと思い込む人間がいることです。おそらく清一さんも、そうだったのでしょう。わかっていて、決まり事を守らなかった。――死んでもかまわないと思ったのでしょうね」

立ち直ったと思ったのにと、宗兵衛は吐息とともに呟く。それでは三年前の身投げと同じことではないか、と。

女房と娘を失った傷は癒《い》えてはいなかった。清一は、それからずっと辛《つら》いままだったのか。

「その決まり事とは……」

言いかけて、宗兵衛は居住まいを正した。

「誰にも話さないと約束いたしますよ。私が聞いたことはすべて、墓まで持ってまいります。これこのとおり、老い先短い身ですからな。口を噤《つぐ》まねばならない年月もさほど長くはありません」

ならばとうなずいて、冬吾は膝もとの平鉢に目を向けた。

「この平鉢があれば、望む相手に会うことができます。そこにはいない人間、今はいなくなってしまった人間、本当ならけして会うことのできない相手に、もう一度会うことができるのですよ」

別離を経て二度と姿を見ることの叶《かな》わない人間に、ふたたび会って言葉を交わすこともできるのだと、冬吾は言う。それこそが、この品の『不思議』であるのだと。

(会うことのできない人に、会える……?)

るいは目を瞬《しばたた》かせる。ぽかんとしたのは宗兵衛も同じで、喉につっかえたような声をだした。

「その、つまり……」

一寸《ちょっと》考え込むようにしてから、老人はまた言葉を継いだ。

「亡くなった人に、ということですかな」

「相手の生き死には関係ありません。しかし大方は死者でしょう」

今生《こんじょう》では二度と会えぬ。そうわかっているからこそ、想いが募《つの》る。会いたい、一目なりとも姿が見たい、声が聞きたい。悲しい、寂しい、取り戻せないとわかっているからこそ。もう一度、会いたい。

心残りというのは、死者のものだけではない。生きて残された者にもあるのだ。ああしてやりたかった、こうしてやりたかった、もっと伝えたいことがあった、もっと長くそばにいて一緒に笑っていたかった、失ってしまった我が子が成長した姿を見たかった――。

横たわってただ息をしていただけの清一の姿が、るいの脳裏によぎる。とたん、胸をしぼられるように切なくなった。

(あたしだって……)

母のお辰《たつ》が死んだ時には、しばらくの間毎日泣いたものだ。幽霊でもいいから会いたい、せめて夢枕にでも立ってくれないかと願ったものだ。

宗兵衛は重いため息を吐いた。彼もまた清一のことを思い、おのれの身に置きかえてもみたのかもしれない。

「しかし、会うとはどのようにして」

「葉月十五日、中秋の夜にこの平鉢に水を張り、その水の面に満月を映すのです。そうしてその月を見つめ、会いたい者の顔を思い浮かべれば、それで叶います」

冬吾の言葉に、宗兵衛は怪訝そうに眉を寄せた。

「なんと、それだけですか」

ええ簡単なものですと、冬吾はうなずく。

「あやかしというのは、たいして複雑なことはこちらに求めてきませんよ。やたらに手順をややこしくしているのは、人間のほうでして」

「はあ」

平鉢をのぞいて息をひとつふたつするうちには、魂が身体から離れ、水面の月をくぐり抜けて再会を願う相手のもとへと辿《たど》り着くのだという。

「私が自分で試したわけではないので、どうやらそういうことらしいとしか言えませんがね。たとえば清一さんなら、水に映る月を見つめているうちに気づけばあの長屋の戸口に立っていて、中に入ると死んだはずの女房と娘が、生きていた時と同じように自分を迎えてくれる――といった案配《あんばい》でしょう」

帰ったよと家の戸を開ければ、幼いお梅が「お父っつぁん」と駆け寄ってきて抱きつく。竈の前で夕餉《ゆうげ》の支度をしていた夕カが、いつもと変わらぬ笑顔を向ける。まるで忌まわしい出来事など何もなかったように。家族を失ったことなど、ただの悪い夢であったかのように。

「それは……清一にとって幸せなことでしたでしょうな」

そう言った宗兵衛の声は、しかしどこかやりきれない響きがあった。

「中秋の月と仰いましたが、ではそうやって相手に会えるのは一年に一度だけということですか」

ええ、と冬吾はうなずいた。

「月の昇る暮六つ（午後六時）ごろから、月の没する明六つ（午前六時）ごろまで。それを過ぎれば、魂は身体から抜けたままになって、こちらに戻ってくることはできなくなる。――ですから、明六つまでには必ず相手に別れを告げて戻るというのが、決まり事です」

「ああ、清一はそれを破ったのですな」宗兵衛は呻いた。「だから、あのようなことに」

そういうことだったんだと、るいもようやく合点がいった。

明六つを過ぎても、清一は戻らなかった。女房と娘のもとに残ったのだ。それは、こちらに戻って一人で生きるよりもタカやお梅と一緒にいるほうが、清一にとっては幸せなことだったから。

「清一は運良くあなたに救われましたが、もしあのままだったらどうなっていたのでしょう。つまり、本人が死んでしまっても魂のほうはあちらだかに消えずにいるのでしょうか」

「まあ、ずっと女房や娘と一緒にいるのでしょうね」

そうですかと、宗兵衛は何ともいえない顔をした。

「だとすると、決まりを破って行ったきり戻らない者がいても……無理からぬことかもしれませんな」

「差配さん」

冬吾は静かな声で言った。

「この平鉢が見せているのは、幻です。亡くなった人の霊魂でもなければ、遠く別離《わか》れてしまった人の実体でもありません。会いたいと願う相手は、本当はそこにはいない。

それこそ水面《みなも》に映った月と同じ——ただの影です」

えっという驚きの声が、るいには重なって聞こえた。宗兵衛と、おそらく部屋の壁にいる作蔵だ。だが、お父っつぁんたらとひやりとするよりも、るいもやはり驚いていた。

（幻……？）

ふと、何かがるいの中ですとんと腑に落ちた。が、それが何であるか首を捻る間もなく、宗兵衛が身を乗りだして、

「幻ということは、つまりその……その平鉢は、あの世に通じていて亡くなった人に会わせるとか、そういう話ではなく」

違いますと、冬吾はきっぱりと首を振る。

「失ってしまった者に、一目なりとまた会いたい。そう切実に願う想いは、言い換えてしまえば執着です。この品は、人のそういう執着に反応して、その人間の記憶にある相手の姿や声を、もう一度見たいと思う風景とともに再現してみせる。出会えた相手の手を取ってそこに温《ぬく》もりや手応えを感じたとしても、それはおのれの心のうちにある実体なきものを引きずりだした、幻覚にすぎません」

あやかしなのだと、冬吾は言う。この平鉢は、そういうモノなのだと。

るいは、あっと思った。今、何が腑に落ちたかというと、

（そうか）

――ご店主にどうしてもお伝えしたいことが、いえ、助けていただきたいことが。

今朝あらわれたのは、本物のタカとお梅だ。その亡霊だ。清一が平鉢を使って会っていたのが幻でなくば、本当にあの二人であったなら、ああして清一を案じて店までやってくるわけがない。

けれどもと、やはり静かな口調のまま冬吾はつづける。

「これ自体はたいして力のあるモノではありません。人の魂をおのれのうちに引き込むためには、もっと大きな力を借りなければならない。それゆえ、水を張ってそこに月を映すという手だてをとるのです」

「ど、どうして月を？」

「月もまたあやかしに通じるものだからですよ。月は『憑《つ》き』、魅入られ憑かれて正気を失った者の話ならいくらでもあります」

「そう聞けば、月を見るのが何やら怖ろしいような」

「昔から、月の光には妖力が宿ると言われています。普段はその力も微々たるものです

が、中秋の月は一年のうちでもっとも明るく輝くがゆえに、妖力もひとしお強い。この平鉢が一年に一度、十五夜の月を水面に映して人に幻を見せるのは、そのためです」

宗兵衛は一寸、押し黙った。

「そのことを清一は……自分が見ているタカやお梅がただの幻だということは」

「もちろん、知っていました」

そうですかと、老人は肩をすぼめるようにした。

「あやかしと仰いましたが、何のためにそのような幻を見せるのでしょうな。そうやって人を誑《たぶら》かし、魂を手に入れて何になるというのです」

「さあ。先にも言ったように、これはそういうモノだとしか。それに誑かすというのとも、少し違うと思いますよ。たとえ幻にすぎないとしても、相手に会うことが心の支えになり、当人の生きるよすがになることは確かにあります」

清一の様子が変わったのは三年前の八月十五日より後のことではなかったかと冬吾に問われ、宗兵衛は考え込む。記憶をたどることしばし、はたと手を打った。

「そうです。ええ、確かに。清一が私のところへやって来て手をついて詫びたのは、お月見の翌日のことでした」

「私が清一さんのもとを訪れてこの平鉢を渡したのが、その数日前です。清一さんは十五夜に平鉢の水面に月を映して、願いどおりに女房と娘に再会したんです」

一年に一度を楽しみに、それを生きてゆく糧《かて》にできるならばいい。清一もはじめはそうだったのだろう。

けれども。

「ただ怖ろしいのは、一目会えば一目ではすまなくなる——そうなってしまう者がいることでしてね」

会えばいっそう想いが募り、二度三度もっと会いたいと焦がれ、ついには相手と離れがたくなる。それが幻とわかっているからこそ、現《うつつ》に戻ればもう二度と取り戻せない相手だと思い知らされてしまうからこそ。酒に溺れるように幻に溺れて、清一はついにこちらに戻ってはこなかったのだ。

「本人にとっては、行ったきりで幸せなのかもしれません」

冬吾は風呂敷を広げると、平鉢を置いて丁寧に包みはじめた。

「難しいことです。何がその者のためかなど、他人に言えることではない。それでも、こういう品を扱う店の店主として、渡せば命を失うかもしれないとわかっているものを人に譲ったり貸したりということは、極力したくないのですよ」

きゅっと風呂敷の端を結び終えると、冬吾は「おわかりいただけましたか」と宗兵衛に目を向けた。

老人はうなずいた。さらにもう一度、深く。

「よくわかりました。今聞いた話は、誰にも言いやしません。ええ、けして」

その声からは、困惑も驚きも懸念もきれいさっぱり消えていた。

「必ず、お約束いたします」

「どうした。ずいぶん大人しいな」

宗兵衛と別れて店に戻る道すがら、先を歩いていた冬吾が肩越しにるいに声をかけた。

「おまえはおまえで、訊きたいことがあるんじゃないのか？」

「だって冬吾様、あたしが質問したらいつもうるさいって言うじゃないですか」

るいは足を速めて冬吾に追いついた。

「うるさいのは間違いない」

そうですか、とるいは頰をふくらませる。が、冬吾が水を向けてきたのを幸い、歩きながら考え込んでいたことを口にした。

「清一さんは、これからどうするのかなって思ったんです」

平鉢を九十九字屋に返した後は、清一はどうなるのだろう。また生きる気力をなくしてしまわないか。たとえ相手が幻だとしても、もう二度とタカやお梅に会えないとなったら。

だけど平鉢が手もとにあったらあったで、清一は同じことを繰り返すかもしれないのだ。魂が抜けたっきり、今度こそ戻ってこないかもしれない。

「こちらがやるべきことはすんだと言ったはずだ」

冬吾はふんと鼻を鳴らした。

「その後でどうなるかなど、知らん。貸していた品が戻れば、うちとはもう係わりのないことだ」

「じゃあ、放っておくんですか？」

「あの男に、命を粗末にするなと説教でもするか。それとも、まだ若いのだからと後添いでも紹介してやるか？　――それくらいのことは周囲の人間でもすぐに思いつくし、あの差配人あたりがとうにやってもいるだろう」

いずれも功を奏していれば、今度のことはなかったと冬吾に冷ややかに言われて、るいはしゅんとした。

「その人間の苦しみを他人が肩代わりできるものではない。どうにかできるなどと考えるのは、思い上がりだ」

そんな言い方をしなくたって……と、るいは思った。

（そりゃ、そうかもしれないけど）

いや、そうなのだろう。冬吾の言葉は正しいのだ。たかだか十六年の人生経験では、こんな時にはどうすればいいかなんて、いくら考えたってるいにはわかりっこない。きっと、冬吾が言うように、できることなんて何もない。――それでも、気にかかるのが人情というものだ。

威張《いば》りんぼで無愛想で変人でも本当は優しい人だと思うから、ばっさりと切り捨てるような冬吾の言いざまには、ちょっと憮然としてしまったるいである。

「恨めしげな顔で見るな」

「そんな顔、してませんよ」

思ったことがすぐに顔にでると常日頃言われていたことを思いだして、るいは慌てて両手で自分のほっぺたを引っぱった。

「質問はそれで終わりか？」

「あ、まだあります。ええと、十五夜に雨が降ったらどうなるのか、とか。さっき冬吾様が清一さんの魂を呼び戻している間に、平鉢の水をひっくり返してしまったらどうなっていたのか、とか」

「雨でも、平鉢の水には月は映るらしいぞ」

冬吾は肩をすくめて言った。

「ええっ、そうなんですか⁉　そんなことあるんですか？　だって雨が降ったら月が見えないじゃないですか」

「雲に遮《さえぎ》られるだけで、月が空からなくなるわけではないからな。幻を見せる力は、多少は弱まるかもしれんが。試したことはないが、そういう話だ」

雨の日でも月が水面に映るなんて。まあなんて不思議なんだろうと、るいは目を丸くした。

「平鉢の水をこぼしてしまったらどうなるかは、正直なところ私にもわからない。前例を聞いていないのでな。しかし、本人にその気があれば魂が戻ってくることはできるのじゃないか」

「でも厄介なことになると仰ってませんでしたか？　だから部屋に誰も入れるなって」

「畳に水をぶちまけたら、あとの掃除が面倒だ」

「あ、そっちでしたか」

るいは気の抜けた声で言い、冬吾は苦笑した。

「それでも今回は運が良かった。清一が使った水が、そのままになっていたからな」

清一の魂の痕跡が残っていたので、迎えに行くのはさほど難しくなかったと、冬吾は言った。

「ええとですね、それから――」

「まだあるのか」

「清一さんはお客として店に来たわけじゃありませんよね。冬吾様は、どうして清一さんにその平鉢を貸したんですか？」

冬吾は束の間《つかま》黙り込んでから、やれやれと首を振った。

「よけいなことばかり、鋭いな」

訊いちゃいけなかったのかしらと、るいは思う。だけど、冬吾がわざわざ自分から相手のもとに出向いて店の品を貸し出すだなんて、しかもそれが客でも何でもない人間であるのだから、何か相応の事情があったのではないだろうか。

そもそも、どうして清一だったのか。世間には同じような不幸を抱えた人間が、他にもきっとたくさんいるのだろうに。

竪川沿いを来た時とは逆の方角に歩きながら、八つ（午後二時）の鐘を聞いて、もうそんな時間かとるいはちょっと驚いた。宗兵衛に引き留められ、昼餉をご馳走《ちそう》になったことで、思わぬ時間をくったようだ。

秋とはいえ、日中はまだまだ残暑が厳しい。きつい陽射しが照りつける川面《かわも》を、荷を積んだ舟が行き交っている。その光景にるいがふと気を取られていると、横から冬吾の声がした。

「茶でも飲んでいくか」

そう言って顎をしゃくった先に、よしず張りの掛け茶屋がある。

手で顔をはたはたと扇《あお》いでいたるいは、「はい」と元気よくうなずいた。

「清一が身投げした時に、たまたま按摩が通りかかったおかげで助かったと、差配人が言っていただろう」

長床几《ながしょうぎ》に腰掛けて、麦湯で喉を潤しながら、冬吾がそんなことを言った。

「はい」

「寿安《じゅあん》という男だが、この平鉢のもとの持ち主だ。つまりはうちの店の客だった」

「はい。……へ？」

湯呑みを手に何気なく相づちを打っていたるいは、一寸おいて間の抜けた声をあげてしまった。

「え、ええ？　その、按摩さんがですか？」

「その按摩がだ」

「どうしてその人が平鉢を持っていたんですか？　え、しかも清一さんを助けたって、それってすごい奇遇じゃないですか⁉」

るいが目を丸くするのを見て、冬吾は「そうか？」と肩をすくめた。

「それは確かに、誰かが川に飛び込んだ場に居合わせるというのは、そうあることではないだろうがな。寿安が平鉢を持ち込んだのは十数年も前のことだし、たまたま助けた縁で清一の境遇を知って、一度売った品ではあるがくだんの平鉢をあの男に渡してやってくれないかと私のところに頼みにきた——というのは、たいして不自然なことではあるまい」

言われてみればそうである。あやかしの品に係わっていた清一の、そもそもの命の恩人が同じ品のかつての持ち主……と、そう考えるから奇遇なのであって。すべての事の発端が寿安というその人物であるのなら、なるほど驚くことではないかもしれない。偶然に清一の事情を知って気の毒に思った寿安が、そういえばと昔に自分が九十九字屋に売ったあやかしの品のことを思いだしたというだけのことだ。

「正直なところ、気は進まなかった。しかし、もとの持ち主に請われては仕方がない。清一に会ってこの平鉢を手渡すために、私があの長屋を訪れたというのが三年前の話だ」

「それで、その寿安という人は……」

「半月ほどしてから、一度店にやって来た。やはり気がかりだったのだろうな。清一が元気な様子だったので安心したと言っていた。幻に会っても、ちゃんと戻ってくることができて、よかったと」

だけど三年後にこういうことが起こって、それを聞いたら寿安さんは何と言うかしらと、るいはそっとため息をついた。

外の通りを子供らが声をあげて笑いながら走っていくのが見える。手習い所の帰りなのだろう。

店につづけざまに客が入ってきて、そのうちの一人が顔見知りらしく店の主と賑やかに談笑を始めた。

「行くぞ」

冬吾は干した湯呑みを長床几に戻すと、銭を置いて立ち上がった。

四

それは十数年前の、やはり中秋の頃であった。

九十九字屋を寿安と名乗る男が訪れた。禿頭《とくとう》に盲《めし》い杖を使い、そのなりから一見して按摩を生業《なりわい》にしているとわかった。

当時まだ店主であったキヨが応対して座敷に招き入れると、寿安は盲目とも思えぬ危なげない手つきで背負っていた包みから平鉢をひとつ取りだし、おのれの前に置いた。

そうして、これを引きとってもらえないかと言う。九十九字屋のことは、先日揉《も》み療治に呼ばれた先で、いわくのある品を扱う店だと噂に聞いたとのことだ。

傍らで話を聞いていた冬吾は、つくづくと彼を眺めて、なんとはなく不思議な男だと思った。

歳は三十前後か。しかし終始穏やかに微笑んでいるような表情は、それよりずっと若いようにも見える。逆に、柔らかな声と話しぶりや落ち着いた物腰は、人生の山も谷も知り尽くした老練な人間のものであった。

問わず語りに寿安が言うには、視力を失ったのは生まれてすぐに病を患ったためらしい。見えないことが当たり前であったから今さら不便とも思わず、江戸を出て杖と勘だけを頼りによその土地を旅して歩くことも多いという。

「この平鉢を手に入れたのは半年前のことです。その頃は、箱根《はこね》におりました」

箱根で湯治客相手に商売をしていたと、寿安は言った。もちろん、土地ごとの同業者の縄張りを荒らしてはならないが、幸い彼にはあちらに伝手《つて》があった。

「手に入れたと申しますか……託された、いえ、先様が持て余してこの私に押しつけたと言うべきでしょうが」

苦笑した彼は、キヨに促されて平鉢の持ち主となった経緯を語りはじめた。

「半年前といえば江戸はちょうど梅が盛りの時期ですが、あちらの春はずんと寒うございます。とくにあの日は朝から霙《みぞれ》まじりの雨が降るほど冷え込んだもので、指がかじかんで難儀したのを覚えておりますよ」

おかげで宿に籠《こ》もる者も多かったのか、その日はよく客がついた。ようやく仕事仕舞いをしたのがそろそろ五つ（午後八時）という頃だ。江戸ならば深夜までも竹笛を鳴らして客引きをするところだが、旅先の客は朝が早い。最後の客の部屋を出て、旅籠の階段を一階に下りようとしたところで、

――おまえさん、こちらにも寄ってくれないかい。

寿安に声をかけてきた者がいた。

中年の男の声だ。鷹揚《おうよう》な口ぶりからして、お店をかまえる主人かそれに類する立場の人間であろう。

もうすっかり帰るつもりでいたから、寿安は迷った。ちなみに箱根に滞在している間、彼は近くの農家に幾らかの金を払って間借りしている。早く戻って夜具に潜り込みたかった。

──なに、療治をしてもらいたいわけじゃない。ちょっと話を聞いてくれるだけでいいんだ。

寿安が断るより早く、男は彼の手に小粒銀を握らせた。話を聞くだけとはどういうことかと寿安が訝《いぶか》しく思っているうちに、床板を小さく軋《きし》ませて男は歩きだしている。仕方なく、寿安も足音を頼りにそれに従った。

男は伊勢屋五兵衛《いせやごへえ》と名乗った。小田原で塩の商いをしているという。相部屋ではなく二階の一部屋を借り切っているところで、やはり上客であるらしい。

部屋に招き入れられた寿安は、腰を落ち着けるほどの間もなく、五兵衛から平鉢を手渡された。そうして、

──これをあんたにもらって欲しいんだよ。

当然、寿安は驚いた。話を聞くだけだと言うから、ついて来たのだ。会ったばかりの人間に、物をもらういわれはない。ましてや、平鉢などもらっても使い途《みち》に困るだけである。

理由を訊ねると、五兵衛は奇妙な返答をした。

──私はもう、これを持っていることが怖くなってしまったんだ。だからこの旅先で、

譲る相手を探していた。

　持っていて危ないものなのですかと寿安が重ねて訊けば、いやいやそうではないと、五兵衛は慌てて首を振った。目が見えずともそうわかるほど、声が揺れていた。

　──この平鉢を持っていると、もう会うことのできない人に会うことができる。これはそういう不思議な品でね。

　五兵衛は何年か前に連れ合いを亡くしたらしい。周囲は後添いを勧めたが、どうにもそんな気にはなれなかった。ぽっかりと心に穴が空いてしまったようで、鬱々《うつうつ》と日々を送るうちに、とある人からこの平鉢を譲り受けたのだという。

　その、とある人というのが誰なのかは、五兵衛は言わなかった。寿安も聞き流した。だから平鉢の出所は、今もってわからないままだ。

　ただ、その人も「自分はこれ以上この平鉢を持っているのが怖くなった」から、五兵衛に譲ったのだという。

　何がそれほど怖ろしいのか。

　──これを手に入れたおかげで、死んだ家内と会うことができた。そのことが、とても嬉しかった。それまで私自身も死んだようになっていたのが、急に息を吹き返したような心持ちがしたよ。

会えるのは一年に一度、中秋の月の夜。月が昇る暮六つから、月が沈む明六つまで。この平鉢に水を張り、そこに映した月を見つめるだけで、今は亡き人との再会が叶う。

それの何が問題なのかと、寿安は思った。何とも不思議な話ではある。しかし、懐かしい人の面影を夢に見るのと同じことだ。しかも一年に一度ならば、人によっては亡き人が夢枕に立つことのほうが多いのではないか。

寿安がそう口にすると、五兵衛は束の間黙り込んだ。急に部屋の空気が冷えた気がして、寿安は手探りで触れた火鉢に、手をかざした。

——おまえさんは、私が家内の亡魂《ぼうこん》に会ったと思うだろう。でも違うんだ。幽霊でも何でもない。私が見ていたのは、幻だ。この平鉢は、水面に月を映して人に幻を見せるのだよ。

——なのに会えば別れがたくなる。いつか私は、戻ってくることができなくなるかもしれない。覚めることのない夢の中から、抜けだせなくなるかもしれない。それが、怖ろしい。

どうして私にこの話をしたのですかと、寿安は訊ねた。なぜ、この平鉢を譲る相手が私なのですか。

――長く商売をしているから、人を見る目はそれなりにあるつもりだ。この何日か、旅籠に出入りする者を見ていて、おまえさんならばと思った。おまえさんなら、惑わされたりはしないだろう。悪い使い方もしないだろう。それに、

――おまえさんは、月を見ないから。

自分の盲た目のことを言っているのだと、寿安は気づいた。なるほど彼は平鉢の水に映る月を見ることもなく、仮に幻と再会したところでその姿も見えぬ。そもそも物心がつくかつかぬかのうちに按摩の師に弟子入りした寿安には、心に思い描くような懐かしい身内の面影もなかった。

それなら怖ろしくはないか……と、寿安は思った。

――おまえさんでも手に余るようなら、如何《いか》ようにも処分してくれてかまわない。

頼むと頭を下げられ、迷惑料だと過分な金を渡され、結局押し切られるかたちで、寿安は平鉢をねぐらに持ち帰ったのだ。

「けれども一晩経ってよくよく考えると、やはり私には荷が重いことに思えまして」

九十九字屋の座敷で語りをつづけていた寿安は、そこで一度言葉を切って、湯呑みを

手に取った。茶でゆっくりと喉を湿している。いつの間にか聞き入っていた冬吾は、その所作に夢からさめたような心持ちがした。幼い頃からあやかしに慣れ親しんできた彼にとっても、それはずいぶんと『不思議』な話であった。

「翌朝、私は平鉢といただいた金子《きんす》とを返しに旅籠を訪れました」

だが伊勢屋五兵衛という名を出しても、旅籠の者たちは首を捻るばかり。そんな泊まり客はいないという。

「どうやら本当の名ではなかったようなのです」

考えてみれば伊勢屋というのが、いかにも嘘くさい。江戸だけでも数多《あまた》ある屋号である。とすれば、小田原で塩の商いをしているというのも怪しいものだ。

二階の奥の座敷に一人で泊まっていた客だと告げると、それなら今朝早くに出立したという返事だった。

「宿帳を調べればその方の名前は記されていたと思うのですが、わかったところでまさか後を追いかけるわけにもいきません。つまりは縁というものであり、この平鉢は私のもとに来る運命だったのだと考えて、諦めることにいたしました」

けれども、と寿安はつづけた。この話にはまだ先があった。

「会いたいと渇望するほど懐かしい人の面影を持たぬ私にとっても、やはりこれは手に余る物だとわかるまでに、さほど時間はかかりませんでした」

最初のうちこそ、何事も起こらぬように思えた。だが季節が春から夏に変わり、寿安が江戸に戻ったあたりから、それは始まった。

時おり、すぐそばに人の気配を感じるのだ。決まって夜、寿安が眠りにつこうと布団に横になった時である。彼の他には誰もいないはずの部屋に、人がいる。立っているのか座っているのか、衣擦《きぬず》れの音やほうとかすかな吐息のようなものが聞こえることもあった。

そのうち、話し声がするようになった。寿安に向かって語りかけてくる。それでわかったのは、相手は一人ではないということだ。いや、一晩に感じる気配はひとつであるが、あらわれるごとに男であったり女であったり、老いていたり若かったり、声も口調も違う別人になっている。

「毎晩というわけではありませんが、それでも入れ替わり立ち替わり、一体何人いるものやら。同じ相手があらわれることも、もちろんございました。お察しでしょうが、彼らは生きた人間ではありません。亡者《もうじゃ》でございます」

ただ、巷《ちまた》でいう幽霊というのとは少し違うと、寿安は言う。死んでも未練ゆえにこの世に居残ってしまった者たちではない。――彼らの話に耳をかたむけるうちに、そう感じた。

「彼らは一様に、身の上話をいたします。ある娘は漁に出たまま帰らぬ許婚《いいなずけ》の話を。ある老人はずっと昔に飢饉《ききん》で離散した、遠い故郷の村の家族の話を。死に別れた子の話をする母親も、逆に幼い頃に引き離された亡き母親の話をする男もおりました。そうして皆、今はようやくその相手と会うことができたのだと、それは嬉しそうに楽しそうに話すのです」

そうか、と寿安は悟った。彼らは、寿安が譲り受けた平鉢にかつて係わった者たちなのだ。五兵衛と名乗った男が言っていたように、幻に浸って戻ってくることができなくなった、覚めることのない夢の中から抜けだせなくなった者たちなのだ。

その証拠に、問えば彼らはおのれが平鉢をどのように手に入れたのか、どのようにして使ったかを、滔々《とうとう》と語る。しかし、それではこの平鉢の正体は何かと知る者は、一人もいなかった。

「その人たちの魂は、いつまでもこの平鉢の中にいるのです。身体はとうになく、魂だけの存在となっても、この世を去ることができぬのか望まぬのか、いずれにしてもここに閉じこめられたまま、いるのだと——そう思ったとたんに、初めて私は怖ろしくなりました」

平鉢を持っていることが怖ろしくなったと、寿安は言う。

——おまえさんでも手に余るようなら、如何ようにも処分してくれてかまわない。

そう言われていても、寿安は困った。平鉢と一緒に多くの魂までも、川に投げ捨てたり土に埋めたりというわけにはいかないではないか。

「寺に持ち込んで供養を頼みもしましたが、事情を話しても信じてはもらえないか、さすがに手に負えぬと断られるばかりでございまして」

そんなおりに、九十九字屋の噂を聞きつけたということらしい。

どうにかこちらでお引き取りいただけませんでしょうかと、寿安は畳に手をついた。

もちろん代金はいらない。何なら迷惑料としてもらっていた金子をそのまま、お渡ししてもかまわない。

キヨは金子の申し出は丁重に断り、かくして九十九字屋は寿安が持ち込んだ平鉢を『不思議』な品として引き受けることになったのだった。

「それ以来、平鉢はずっと蔵の奥にしまってあって、私も目録を見る時以外は気に留めていなかったのだがな。当の寿安が三年前にやってきたことで、その次第を思いだしたというわけだ」

店に戻ると、冬吾はあらためて九十九字屋がくだんの平鉢を所有した経緯を語った。その合間に、布で平鉢をきれいに拭いて、用意した箱にしまうという作業にかかっている。

「そんなにたくさん、戻らなかった人がいるんですか。ええとその……平鉢の中に？」

るいは茶を淹《い》れて店主のもとに運んでから、首をかしげた。

「そういうことになるな」

「ずっとそのままなんですか」

わからん、と冬吾は呟くように言った。

「こればかりはな。本人たちが成仏したくともできずに救いを求めているというのなら、何か手だてもあるのかもしれんが」

寿安の話では、彼らは皆、嬉しそうに楽しそうにおのれの身の上を語っていたらしい。

ならば他人がどう思おうと、彼らは幸せでいるのだろう。

(本当に難しいわ)

るいは小さくため息をついた。

「清一にこれを渡してもよいかどうかは、寿安も迷っただろう」

独り言のように低く、冬吾はつづけた。

「それでもこの平鉢を貸してやってくれと、頼みにきた。そのまま放っておけば清一はまた身投げするかもしれない。今度は本当に死ぬかもしれない。それくらいなら、と」

使い方を間違えれば怖ろしいことになるというのは、寿安が一番よく知っていたはずだった。――それでも、と。

ならば、少なくとも今回のことで清一の命が助かったのは、よかったのだ。もし清一の魂が戻ってこなかったら、寿安も冬吾も彼に平鉢を渡したことを悔いて、おのれを責めることにもなったのだから。

清一本人にとって何が幸せだったかなんて、るいにはわからない。でも、

(清一さんが生きてて、本当によかった)

きっぱりと、るいはそう思うことにした。

差配人の宗兵衛さんだって、あんなに清一さんのことを心配していたじゃないか。

……それに。

今朝店の前に立っていた母娘の姿を思いだして、るいはまたやるせないため息をついたのだった。

五

清一が九十九字屋にやって来たのは、それから五日ばかり経ってのことだった。

顔色はまだ悪いし、無精髭《ぶしょうひげ》の生えた頬もこけている。それでも、自分の足で六間堀《ろっけんぼり》までやって来る程度には快復したようだ。

だが、冬吾を呼びにいってから、上がり口に腰を下ろして草履を脱いでいる清一を見て、るいはあらと思った。

ぷんと酒の臭いがしたのだ。まだ陽は高いというのに、清一は酔っているらしい。もしや、酒をひっかけてからここへ来たのではなかろうか。

（酒浸りになってなきゃいいんだけど）

思ったとおりだわ、とるいは肩を下げた。立ち直るどころか、清一さんは生きる気力をなくしたままなんだ。

それにしたって、剣呑《けんのん》である。

「お父っつぁん」

客に出す茶をいつもより濃いめに淹れながら、るいはそっと呼びかけた。おう、とそばの壁から声が返る。

「いざとなったら、頼んだわよ」

「俺が顔をだしてかまわねえのか？」

「そんなことを言ってられない時だって、あるじゃない。何もなきゃいいけど」

「おうよ、あいつから目を離さなきゃいいんだな」

店の座敷に上がるや否や、清一は「申し訳ねえ」と正面に座った冬吾に何度も頭を下げた。

「差配さんから話は聞いた。あんたが、俺の命を救ってくれたんだってな。迷惑をかけちまって、本当にすまねえ」

せかせかと口早に言う。血走った目で冬吾を見つめたまま、るいが茶を運んできて目の前に置いたのにも、気づかぬ様子だ。

「そのことは、もうかまわん。こちらはあの平鉢を返してもらって、それで終《しま》いだ」

清一を真っ向から見返して、冬吾の口調は淡々としていた。

「あんた、怒ってるんだろうな」

「かまわんと言ったはずだ。だが、あの平鉢を貸す時におまえさんとは約束をした。必ず明六つまでに戻ってくると。その約束を、おまえさんは破った。だから平鉢は返してもらった」

清一の目が泳いだ。

「あ、ああ。もちろん、わかっている。俺が悪かった。面目《めんぼく》ねえ。……だけど、戻るつもりだったんだよ。それが、うっかりしちまって」

「うっかり？」

「あの日は、タカとお梅と三人で一緒に月見をしたんだ。長屋の縁側で、俺ぁ小さなお梅を膝に乗せて、タカが隣で酒を注いでくれてよ。タカとお梅が笑っていて、お月さんがあんまり綺麗で、心地よくて、それで呑み過ぎちまった。すっかり酔っぱらって、気がついたら約束の刻限を過ぎちまってたんだよ」

故意ではないと、清一は言う。

「おまえさんの事情までは知らんな。今も酔っぱらっているようだが」

清一は突然、畳に手をつき額をこすりつけんばかりに頭を下げた。頼む、と呻くように声をあげた。

「金輪際《こんりんざい》、もうやらねえ。次からは気をつける。約束を、必ず守る。だから、どうかあの平鉢をもう一度、俺に貸しちゃくれねえか。……いや、何ならあれを俺に売ってくれ。代金は必ず払う。一生かかってでも、働いて金をつくるから」

「そういうわけにはいかん」

「頼む。この通りだ。あれがなきゃ、俺はどうしていいかわからねえ。女房と娘に会えないんじゃ、生きていく気もしねえ」

「駄目だ」

冬吾はぴしりと撥《は》ねつけた。

畳に張りついた格好で清一は懇願を繰り返したが、冬吾の返答は否である。ついに、どうあっても受け入れてもらえないと悟ってか、清一は顔をあげた。

その表情が歪《ゆが》んでいる。不穏なものを感じて、るいは身体を硬くした。

ああ畜生と、清一は食いしばった歯の間から声を漏らした。

「だったら、どうして……どうして俺を助けたりしたんだ。俺はあのままでよかったんだ。あのまま、タカやお梅と一緒にいられたら、それでよかったのによう」

死んだってかまわなかった。家族のいない長屋で独りぼっちで暮らしていくくらいなら、死んだほうがましだ。幻が消えて現《うつつ》に戻れば、寂しさばかりが募る。そんな想いをこの先何度も味わうくらいなら、いっそ戻らなければいいと思った。——それなのに。

「余計なことをしやがって！」

平鉢をよこせと吼《ほ》えると、清一は立ち上がった。懐に隠していた鑿《のみ》を握って、冬吾に飛びかかった。

「お父っつぁん！」

るいは叫んだ。

次の瞬間、冬吾に向かって伸ばされた清一の手が空を切り、その身体がどすんと畳に転がった。何者かに足を摑まれ、引き倒されたのだ。

「馬鹿野郎、鑿を振るうのは木だけにしやがれ。職人が、大事《でえじ》な道具をそんなことに使うんじゃねえ！」

私の心配はしないのかと、冬吾が腑に落ちないように呟く。

どすの利いた声で叱りつけられて、清一は倒れたまま顔を上げた。ぽかんとして、あたりを見回す。店主でも奉公人の娘でもない声の主を探して、おそるおそる自分の足に目をやったとたん、清一は目を大きく見開いた。もともと顔色が悪かったが、いっそう血の気が引いたようだ。酔いも吹っ飛んだことだろう。

そばの壁から人の両腕が生えている。それが長く、人間の腕にしては有り得ないほど長く伸びて、その先にある手が、がっちりと清一の足首を摑んでいた。

「う、うわあぁぁ――――！」

化け物、と叫びながら、清一は鬘を取り落とすと、畳の上で泳ぐようにもがいた。

「ご苦労、作蔵。もういいぞ」

「あいよ」

作蔵は手を放すと、壁の中にしゅるっと腕を引っ込めた。その隙に清一は反対側の壁まで逃れ、腰を抜かした格好であわあわと震えている。

「な、な、何なんだ今のは、一体よう⁉」

「ええと、あたしのお父っつぁんです。名前は作蔵と言います。妖怪のぬりかべです」

清一はるいを見て、口を開けた。が、言葉がでてこない。頭のほうがついていっていないようだ。

ようやく、絞り出すように言った。

「……よ、妖怪？　い、いや、父親……？　え、壁……？」

どこで一番驚くべきか、難しいところだ。

よかった、とるいは思った。

（冬吾様が無事で）

今頃になって、心の臓がどきどきしている。

震える手をぐっと握り込んでから、るいはひっくり返った湯呑みを見て、ため息をついた。今の騒ぎでお茶がみんなこぼれてしまった。早く拭かないと、畳が湿気《しけ》ってしまう。

「今さら怖がることもなかろう」

冬吾はふんと鼻を鳴らすと、清一の前に屈《かが》んでその顔をのぞき込んだ。

「おまえさんが欲しいと望んでいる平鉢も、ぬりかべの作蔵とたいして違いはない。この世の不思議のあやかしだ。人間の道理や知恵や常識の外にいる相手なんだよ。人間ごときが手に負えるなどと思ったら、大間違いだ。――そんなこともわからずに、おまえさんはあの平鉢を三年もの間、手もとに置いていたのか」

冷ややかな声に、清一は身をすくませる。手足をぎゅっと引きつけ丸まった格好で、頭を抱えた。

そうして震えている男をしばし見やってから、冬吾は小さく息をつく。

「おまえさんの女房と娘は、幸せだっただろうな」

次に口を開いた時、その口調はずっと柔らかかった。

「家族を亡くしてそこまで悲しむおまえさんは、きっと良い亭主で良い父親だったのだろう」

それを聞いて、しかし清一は激しくかぶりを振った。そんなんじゃねえ、と呻くように声を漏らす。

「……俺は、いい亭主でもいい父親でもねえ。とんでもねえよ。――火事にあう前、夕カがお梅を置いていくかどうか迷っていたから、俺一人じゃ面倒なぞみられないから連れて行けって言ったんだ。島崎町に見舞いに行くって日の朝、お梅がぐずりだして、なのに俺は声をかけてやりもしないで仕事に出かけた。それが最後だ。それっきりになっちまった」

声が震えているのは、恐怖のせいばかりではもうないだろう。

「俺が一緒に見舞いに行ってりゃ、あいつらは死なずにすんだのかもしれねえ。俺がいりゃ、逃げ遅れたりなんかしなかったかもしれねえ。なのに俺は仕事だなんだって言ってよ、あいつらが火に巻かれている時に、仕事場で仲間と酒を呑んでいたんだよ。そんな男が亭主で父親で、何が幸せなもんか」

清一はおのれを責めていた。取り返しのつかないことをした、その後悔に満ちた声だった。家族を失った寂しさや喪失感だけではない、それにまさる大きな痛みが清一の心を蝕《むしば》み、生きる気力を奪ったのだ。

（もしかしたら）

いやきっと、とるいは思った。この人は、タカさんやお梅ちゃんの幻に、謝りつづけていたんじゃないだろうか。

すまねえ。すまねえ。俺が悪かった。父ちゃんが悪かった。おまえらのそばにいてやりゃよかった。許してくれ――。

本当に家族をないがしろにしていたのなら、そんな後悔だってあるはずはないのに。

冬吾は眼鏡の奥で目を細めると、先よりも長い間をおいてから言った。

「おまえさんは二度、命を拾った。身投げをした時と、今度のことだ。運良く——いや、おまえさんにとっては運の悪いことか」

「ああ、死に損《そこ》なった」

「運じゃない」

静かに、だがきっぱりとした冬吾の口ぶりだ。

「おまえさんの命が助かったのは、それを望んだ者がいたからだ」

その言葉に清一は、頭を抱えていた腕を下ろした。冬吾を見る。訝しげなその顔に、店主はうなずいて見せた。

「おまえさんが戻ってこなかった時、私がすぐに駆けつけることができたのは、おまえさんの女房と娘がここまで知らせにきたからだ。——おまえさんを助けてくれと」

「な……」

清一の表情がぽかんと呆《ほう》けた。

「三年前におまえさんは身投げして、通りかかった按摩のおかげで救われた。だがその按摩はな、水音を聞く寸前に幼い女の子の声がしたと言っていた。助けて、お父ちゃんを助けてと、叫んでいたそうだ」

それは初めて聞いたので、るいもえっと驚いた。

「てっきり近くに子供がいると思ったらしいが、後で誰に聞いてもそのあたりで小さな女の子の姿を見た者はいなかった」

「じゃ、じゃあ、タカとお梅が幽霊にでもなって出てきたってのかよ？　……俺を、助けるために？」

清一は呻く。

そうだ、と冬吾は事も無げにうなずいた。

「女房も娘も、いつもおまえさんの近くにいた。おまえさんのことを心配していたんだ。おまえさんが幻にかまけるあまり、そのことに気づかなかっただけだ」

たとえ見えずとも気づいてやれと、冬吾は言う。

「そうでなければ、二人ともおまえさんと同じようにいつまでも寂しいままだ。ありもしない影を追い求めるばかりでは、今度こそ本当に大事なものを失うことになるぞ」

だが清一はぎゅっと目をつぶると、冬吾の言葉に首を振った。

見えねえよ、と悲痛な声で言う。

「俺にゃ、あいつらが見えねえ。触れもしねえし、話もできねえ。それでどうやって気づけってんだ。何を気づけってんだよぅ」

その時だった。

清一の周囲の空気がかすかに揺らいだ。ほっそりした女の手が、畳の上に投げ出されたままの清一の手にそっと重ねられたのを、るいは見た。それと一緒にふくふくとした子供の手が、清一の袖をつんつんと引っぱった。

清一ははっと目を開けると、あたりを見回した。それから畳の上の自分の手を、引かれた袖を、まじまじと見つめた。

「……いるのか？　ここに？」

タカ、お梅、と掠《かす》れた声で呼ぶ。

「いるさ。いつもおまえさんの近くにいると言っただろう」

冬吾は立ち上がると、先ほど座していた場所に戻った。それにも気がつかぬように、清一は呆然《ぼうぜん》と宙に視線を投げてから、ふいに手で顔を覆った。

嗚咽《おえつ》が聞こえた。止《と》め処《ど》なく涙をこぼし子供みたいに泣きじゃくる清一を見て、るいも目の奥がじんと熱くなった。

それは、きっともうこの人は大丈夫だと不思議にそう思えたからと——清一の傍らに寄り添うタカ、父親の膝にぎゅっとしがみついてその顔をのぞき込んでいるお梅の姿が、はっきりと見えていたからであった。

冬吾が落ちていた鑿を拾って手渡してやると、清一は何度も頭を下げて詫びた。

「俺ぁ、とんでもねかった。どうかしていた。申し訳ねえ」

帰り際にもまだ恥じ入るように顔を伏せたままだったが、それでもまるで憑き物が落ちたみたいにさっぱりとした様子で、「世話になりました」と最後に礼を述べた。

「あの平鉢はお返しします。あれは、俺が持ってちゃいけないもんだ」

店の表に立って清一を見送ったるいの目には、遠ざかる彼の背中が一歩ごとにしゃんと伸びてゆくのが見えた。俯《うつむ》かせていた顔を上げて、清一は真っ直ぐ前を見て歩いていた。

その後ろに、手をつないだ母娘の姿がある。タカは足を止めて振り返ると、こちらに向かって深々と頭を下げた。お梅も、あどけなく手を振っている。

そうして、睦《むつ》まじい親子連れといった様子の三人は、堀沿いの通りへと去っていった。

「よかった……」

るいはほっと息をつくと、隣でむすっと腕を組んで立っている冬吾に目をやった。

「だからあの平鉢を貸すのは気が進まなかったんだ。手間ばかりかかって、金にもならん。おまけに命まで狙われた」

冬吾がぶつぶつと言うのを聞いて、るいはあらと胸を張った。

「大丈夫ですよ。冬吾様にはお父っつぁんとあたしがついてますから」

ふんと盛大に鼻を鳴らしてから、冬吾は顔をしかめた。

「なんだ。にやにやするな」

「してませんよ」

慌てて両手で頬を押さえながらも口もとが緩むのは、嬉しかったからだ。

(清一さんがどうなろうと関係ないって言ってたくせに)

冬吾なりに清一のことはやはり気にかけていたに違いない。清一に向けた幾つもの言葉は、その場しのぎの思いつきで口にしたものではなかったはずだ。見えずとも気づいてやれという言葉は、るいの心にも沁《し》みた。

(やっぱり、冬吾様は優しい人だわ)

うふふ、と思わず声を漏らしたるいを気味悪そうに一瞥して、冬吾はさっさと踵を返し店の中に引っ込んでしまった。

るいは、親子の姿が消えていった通りの方角をもう一度見て、よしっとうなずいた。そして、襷《たすき》をきりりと締めなおすと、さて今日も一日お掃除かしらと思いながら、自分も店に戻ったのだった。

六

「まあ、どうにかこうにかやっているみたいだよ」

蔵の横に置いた腰掛けに座って、夜空を見上げながらナツが言う。

長月（九月）十三日の今夜の月を、後の月という。中秋の名月を愛《め》でたら、その同じ場所で十三夜月も見なければ、片見月になって験《げん》が悪い。縁起を担ぐことが好きな江戸っ子にとって、後の月見もまた、かかせないものであった。

今日はあいにくと曇りがちの天気で、空の大半を墨のような雲が覆っている。それでも辛抱強く待っていると、やがて満月よりも少しだけ細い十三夜の月が、雲間からころんと顔をだした。

十五夜ほど月の光が強くないせいか、それとも団子を用意しなかったせいなのか、あやかしたちも今夜は静かだ。前の月見の時よりも落ち着いて月を眺めることができて、やれやれとるいは思った。

「とりあえず毎日仕事に行っているようだし、ちゃんと食事もしているみたいだ。……そりゃあすぐには、元気に笑って暮らすってのは無理だろうけどさ」

先ほどからナツが話しているのは、清一のことである。

清一が店に来た日からしばらく、ナツは冬吾に言われて時々、入江町の長屋に様子を見に行っていたらしい。

「冬吾も、気になるなら自分で訪ねていけばいいのにさ」

まったく出不精なんだか素直じゃないんだかと、ナツは苦笑した。実は三年前に平鉢を貸し出した後にも、冬吾が彼女に頼んで清一がこちら側にちゃんと戻ってきたかどうかを確かめていたと聞いて、るいは「そうですね」と笑いを嚙み殺した。

りり、りり、と時季外れの虫が、どこかでか細く鳴いていた。長月ともなると、夜はさすがに冷え込む。ナツと作蔵が呑んでいるのも、熱燗《あつかん》の酒だ。もっともぬりかべの作蔵には、暑いも寒いもないのだが。

「タカさんとお梅ちゃんは、清一さんのそばにいましたか？」

るいが訊くと、ナツは盃の酒をくいと干してから、そのようだようなずいた。一度、清一が仕事から戻ってきた時にお梅が長屋の木戸から走って迎えに出たのを、見かけたことがあるという。

「清一さんにもそれが見えたらよかったのに」

るいが呟くと、ナツはどうだろうねと考え込んだ。

「見えたら見えたで、離れがたくなっちまうかもしれないだろ。女房はあの亭主が心配であしてこの世に居残っているけれども、やっぱり、いつまでもってわけにはいかないさ。見えないくらいが丁度《ちょうど》いいんだ。死者はいつかは、彼岸《ひがん》へ渡らなきゃいけないものだから」

「……ええ」

それでも、とるいは思う。タカとお梅の想いを知り、二人が近くで見守っていてくれることを感じて、清一の今はまだ血を噴くような心の痛みが、少しずつでも、ゆっくりでも軽くなっていけばいい。いつかは本当に別れなければならないとしても。けして忘れることなどできはしない、それでも。

その人の苦しみを他人が肩代わりできるものではないと、冬吾は言った。だけど、どうかと願うことはできる。

月が雲間に隠れて、あたりが暗くなった。

るいは恨めしげに空を見上げて、小さく息をついた。

「あたし、薄情なのかな」

「どうしてだい」

「あの平鉢を使って、幻でもいいからおっ母《か》さんに会いたいってふうには、あたしは思わなかったんです。一度も」

ナツは盃に酒を満たすと、それをゆっくりと口に運んだ。

「あんたが薄情なら、これまでに平鉢を手放した連中も皆、薄情だってことになっちまうよ。あれは、人の手から手へ渡ってきたものだ。きっと魂が囚《とら》われちまった人間よりも、幻から覚めた人間のほうが多かったと思うけどね」

たとえば、箱根で寿安に平鉢を譲った男がそうだった。みずからの意志でそれを手放した者は、戻ってくることのなかった者よりも、少しだけ早く薬が効いたんだろうとナツは言った。

「薬？」

「時の流れってやつさ。——大切な人を失《な》くして、それでも踏ん張って笑って生きていくことを、薄情とは言わないよ。残された者は、そうやって生きていかなきゃいけないんだから」

るいは目を瞬かせる。月がまた雲の切れ目からあらわれて、地上を白く優しい光で満たした。

「なあに、お辰は気にしやしねえよ。おまえがケラケラ笑ってる時には、お辰もあっちで笑ってら」

片手で徳利を振りながら、作蔵がよい加減に酔っぱらった声で割り込んだ。

「おや。うがったことを言うじゃないか」

「へっ、あいつがどんな女かは、亭主の俺が一番よく知ってるからよ」

と、そこでやめておけばよいものを、「けどよ」と作蔵はつづけた。

「まあ、なんだ。俺ぁ、幻でもいいから一目お辰に会いてえと思ったけどな」

「え、そうなの、お父っつぁん？」

「俺が仕事から帰ると、お辰が俺を出迎えて、『おまえさん、今日もお疲れだったね。ほら、好きなだけ呑んどくれ』とか言ってな、酒を差し出すわけよ。肴に俺の好物を用意してな。で、お辰が俺の隣にしおらしく座って、盃にちょいちょいと酒を注いでくれたりなんかして――」

「お父っつぁん」

るいは呆れて言った。

「おっ母さんは、幻でもそんなことしないと思うよ」

るいが覚えているのは、酔っぱらって帰ってきた作蔵がお辰にどやされて、あげくに家の外に蹴り出され、戸口の前で平謝りに謝っている光景ばかりだ。

あんたねと、ナツはぷっと噴きだした。

「そんな虫のいい話と一緒にされちゃ、あの平鉢だって困るだろうよ」

「もう。お父っつぁんがしょうもないことを言うから、お月様がまた隠れちゃったじゃないの」

なんでえ俺のせいかよと、作蔵は壁から顔を突きだして、ひょっとこみたいに口を尖らせた。

「だいたい、お父っつぁん、呑み過ぎよ。ナツさんの分まで呑んじゃって。今夜はもう終いにして」

「けっ、ますますお辰に似てきやがった」

ぶつぶつ言う作蔵に、るいはべえっと舌を出してみせる。父娘のそんなやりとりに、

「やれやれ。あやかしがいなくたって、賑やかなことにかわりはないね」

雲の合間を縫うように夜空で輝く月を眺めながら、ナツは目を細めて笑ったのだった。

第二話 仇《あだ》討《う》ち

一

「いい天気ねえ」

店の前を箒《ほうき》で掃《は》きながら、るいは空を仰いだ。

暦は神無月《かんなづき》にかわり、季節は初冬へと移ろった。朝晩もぐんと冷え込むようになったが、日中の陽射しにはまだ温もりが残る。

高くきりりと澄んだ青空と、赤に黄に染まった町中の木々の葉の色彩が眩《まぶ》しくて、るいは思わず目を細めた。ふと風が吹きすぎて、たった今きれいにしたばかりの地面に、紅葉した葉がはらはらと散った。

「もう、これじゃキリがないわよ」

るいは軽く口を尖《とが》らせると、落ち葉掃きの手をとめた。あら、とその時思ったのは、堀端の通りから角を折れて路地に入ってきた人影に、気がついたからだ。

（もしや、お客様）

と、期待したのは寸《すん》の間《ま》のことで、すぐに目を瞬《しばた》かせた。というのも、相手は一見して物売りで、しかもその顔に見覚えがあったせいである。

――お油よろしくー、油でございー。

狭い路地に朗々と売り声を響かせてやってきたのは、油売りだった。胸あてつきの前垂れに、前後に担いだ油桶というお馴染《なじ》みの格好。二十代半ばの、精悍《せいかん》な顔立ちをした男だ。

（確か……伊佐吉《いさきち》さんていったっけ）

よくこの界隈で商いをしているので、るいも何度か油を買ったことがある。

「おや、あんたは」

油売りのほうでもこちらの顔を覚えていたようで、足を止めると朗《ほが》らかに笑いかけてきた。それはそうだと、るいは思う。九十九字屋では油の消耗が激しい。行灯《あんどん》に使うばかりでなく、ナツがおやつがわりにこっそりと舐めてしまうからだ。それも安い魚油ではない、高価な菜種《なたね》油が好物とくれば、油売りにとっても上客に違いない。

「今日はどうだい。上物の椿油もあるよ。髪の艶《つや》が増すことうけあいだ」

「そうねえ。……いつもの油でいいんだけど」

　灯火用に少し買い足しておこうかしらと、るいはうなずく。箒を置いて、容《い》れ物《もの》を取りに店にとって返した。

（でも、ヘンね）

　何が妙かといえば、伊佐吉がこの路地へ入ってきたことだ。堀端から九十九字屋の店先へつづく路地には、目眩《めくら》ましだか人除《ひとよ》けの術が施《ほどこ》されているだかで、日頃から無闇に人が踏み込んでくることはない。詳しいことはるいにもわからないのだが、ともかく、あやかしと縁のない人間が店を訪れることはできない仕組みになっているのだ。

（ということはこの人は、あやかしと何かで係わっちまってるってことなのかしらん……？）

　油差しに柄杓《ひしゃく》で油を注いでいる伊佐吉を、るいはまじまじと凝視する。思い切って、訊いてみた。

「あのね、ええと……もしかして最近、身のまわりでおかしな事が起こったりしていない？」

「おかしな事だって？」

藪《やぶ》から棒に何だと、伊佐吉は怪訝《けげん》な顔をした。

「いや別段、運良く富籤にあたって貧乏暮らしとおさらばってことにもならねえし、かといって、仏さまの罰があたってこっぴどい目にあうってわけでもねえしな」

良い事も悪い事もねえよという返答に、そういうことじゃなくてと言いかけて、るいは小さく息をついた。もっとはっきりと、幽霊や妖怪を見たことがあるかと訊くべきだろうか。けれども伊佐吉の表情や口ぶりからは、怪異に悩まされている様子は感じられない。

（うーん）

そもそも店の客ではないのだし、本人が困っていないのなら放っておいてもいいのかしらと思っていると、

「そういやぁ」

伊佐吉のほうで、急に思い当たったような顔をした。

「おかしな事といえば、あんたはこの店で奉公をしているのかい？」

するすると柄杓から垂れる油から慎重に目を離すことなく、空いた手で店を示す。

油売りというのは、動作の美しさも売りである。高い位置で柄杓をかしげ、油の流れ

を真《ま》っ直《す》ぐに途切れさせることなく、最後の一滴まで容器に注ぎ込む。これが上手くないと見ている側も興ざめで、客がつかないのだ。よそ見などして油をこぼす、などというのは以ての外だ。

「ええ、そうだけど」

「ここは、何の商いをしているんだ？」

「こ、骨董《こっとう》品の売り買いをしたり、かな」

とっさにるいはそう答えた。まあ、嘘ではない。

「それがどうかしたの？」

「いや、このあたりは得意先も多いし、俺もよく廻っちゃいるんだが」

ここにこんな店があるとはついぞ気がつかなかったと、伊佐吉は首を捻《ひね》っている。

「この路地にしたって、目には入っていたはずなのに、なんだって今まで素通りしていたんだろうな」

「ま、まあ、そういうこともあるんじゃない？　こんな奥まった場所にうちみたいな小さな店がひとつあったくらいじゃ、皆、通り過ぎて当たり前よ。他に行ったほうが、よほど商売になりそうだもの」

「違《ちげ》えねえ。――はいよ、二合でいいかえ」

「うん」

伊佐吉は代金を受け取ると、さっぱりと気持ちのいい笑顔をるいに向けた。

「けど、これからはお得意様を素通りたぁいかねえや。ちゃんとこちらにも寄らせてもらうんで、またよろしく頼む」

油桶を天秤棒《てんびんぼう》で担いで路地を出ていく油売りの姿を見送りながら、

「……どうしたって、あやかしに取り憑《つ》かれそうな人間には見えないわよねえ」

いかにも溌剌として健康そうだし、気っ風《きぷ》のいい人みたいだし、ついでに言うとなかなか見端《みば》もいいから娘たちに人気がありそうだしと、るいは大きく首をかしげたのだった。


その二日後のこと。

筧屋《かけいや》の女将《おかみ》に頼まれて届け物に行った帰り道、るいはたまたま、寺の門前で商いをしている伊佐吉の姿を見かけた。近くの長屋の女房らしき女たちが数人、油差しや徳利《とっくり》を持って油を買いにきている。時おり、わっと笑い声が起こるのは、伊佐吉が愛想良く、気の利いた冗談でも口にするからだろう。

(思ったとおり、人気者だわ)

どうやら若い娘だけでなく、町のおかみさん連中にも伊佐吉の受けはよいようだ。

遠目にそれを眺めてから、何気なくそのまま行き過ぎようとして、るいはふと足を止めた。

あれ、と思った。

(さっきまで、誰もいなかったのに)

寺の門前から少し離れたところに、人影が立っていた。築地塀《ついじべい》を背にして、おかみさんたち相手に商いをしている油売りのほうを、じっとうかがっている。

(お侍さんみたいだけど……)

袴《はかま》姿に二本差しである。笠を深く被って顔を隠しているつもりらしいが、いかにも不穏だ。

(いくら何でも、いきなり刀でばっさりってことはないわよね)

気になってつい、じろじろと見ていたせいだろう。侍が、ふいに気がついたように首を巡らせた。こちらに顔を向けて、笠の縁《ふち》を上げる。

（あ、いけない）

一瞬。見てはならないものを見た、と思った。るいは慌《あわ》てて視線を逸《そ》らせると、足を速めて歩きだす。

何も見なかったことにしようと、きっぱりと思った。これは多分、十中八、九、巻き込まれたら面倒というやつだ。

ひとつだけ腑《ふ》に落ちたのは、伊佐吉が路地に踏み込んで九十九字屋まで来ることができた理由が、あの侍だということである。

（あのお侍さん、とっくに死んでいるものね）

すなわち亡者《もうじゃ》。というか、本人はどうやら未練たらたらで、おとなしく死んでるどころではないのだろうが。

あれに係わっているとは。伊佐吉さんたら、どこかであのお侍さんの恨みでもかったのかしら。でもそのへんの物売りが武家の恨みをかうだなんて、むしろ逆のほうがありそうな話だけど。——と、そんなことをつらつらと思いながら、るいは帰路を急ぐ。寺の塀に沿って角を折れ、脇道に入った。

とたん、背後から声をかけられた。

「すまぬ。ちと訊ねたいことがあるのだが、よいかな」

落ち着いた穏《おだ》やかな声であったので、反射的にるいは「はい」と答えて、振り返った。

目の前に、骸骨《がいこつ》が立っていた。

「あ、さっきのお侍さん……!?」

しまったやってしまった、と後悔してももう遅い。

先に見かけた時と同じに、侍は袴姿で腰に大小を差している。が、着物の中身はこれ以上ないというくらい、すかすかとした骨だった。白々としているところを見ると、それほど古くはないかもしれない。

「やはりおぬしには、わしが見えておるのだな。先ほど目があったので、もしやと思うたのだ」

妙に嬉しげに言うと、侍は被っていた笠を取った。あらわれたのは当然ながら髑髏《どくろ》だ。目があうも何も、目玉がない。

(あぁ、係わりあいたくなかったのに)

普通の幽霊ならまだしもと、るいは頭を抱えそうになった。袖口からのぞいた手、襟元から出た首、笠の下の顔。築地塀の前に立っていた時から、一目で骨だけだとわかったから、急いでその場を立ち去ったのだ。

幼い頃から死者の霊を見ることには慣れっこのるいだが、さすがに骸骨と面と向かって会話をするのは初めてである。

(でもまあ一応、幽霊のたぐいには入るのかしら)

本物の骨が動いているわけじゃないし、本人が言うように他の人には見えていないみたいだし。そもそもこれが実体で骸骨なら、文句なしの妖怪だ。

(そりゃ、妖怪だって毎日見ているけどね。壁とか猫とか)

それにしても、なにもわざわざ骨じゃなくてもよさそうなものなのに、一体どんなこだわりで、こんななりなのかしら。

ともかく、こうなっては仕方がない。るいは深くため息をついた。

「それで、お侍様はどういったご用件ですか?」

「おぬしに頼みがあるのだ」

「あたしに?」

唐突な申し出だが、いかにもと侍は力強くうなずいた。うっかり、髑髏が首から離れて落ちてしまいそうな勢いだ。

「わしには、大願《たいがん》がある。それを果たすまでは死んでも死にきれぬと思っていたのだが、こうなってしまっては最早《もはや》、成就《じょうじゅ》は叶《かな》うべくもなく」

「本当に死んだら死にきれなかったわけですね」

「そこですまぬが、この老骨を助けると思って、おぬしの力を貸してはもらえぬか」

「老骨って……骨はともかく、老なんですか？」

何しろ見ただけでは、年齢不詳だ。

「今年で五十をこえたな」

「そのくらいなら、まだまだ十分お若いですよ。骨も太くて真っ白ですし」

「辞世《じせい》の身ゆえ、世辞《せじ》はいらぬ」

「なんか今ちょっと、うまいことを言いました？」

ところで何の話だったかと、るいは首をかしげた。

「あ、そうだ。――それで、力を貸すって、あたしは何をすればいいんですか？」

「うむ。仇討《あだう》ちの手助けをだな」

「はあ、仇う……え、ええ？」

（仇討ち!?）

るいは仰天して、ぶんぶんと首を振った。

「そんなの、無理です。だって仇討ちって『いざ尋常に勝負せよ』とか言って、父の仇だか主君の仇だかと河原で決闘をするんでしょう？　あたし、刀なんて触ったこともありませんし、絶対に返り討ちにあいます！」

たしかお芝居とか物語の中では、仇討ちとはそういうものだったはずだ。

「いや、おぬしに決闘をしてくれとは言わぬが」

「とにかく、あたしはただの町娘ですから、お役に立てそうにはありません。仇討ちのお手伝いってことは、そばで助太刀《すけだち》しろってことでしょ。荷が重すぎます」

すみません他をあたってくださいと、るいはぺこりと頭をさげて踵《きびす》を返した。

「待て待て、手助けとはそういう意味ではない。おい、せめて話だけでも」

骸骨が慌てて追いすがろうとすると、「やいやい」と傍らの壁から凄《すご》む声がした。

「やい、どこの馬の骨だか知らねえが、これ以上俺の娘に絡みやがるなら、お武家でも容赦《ようしゃ》はしねえぞ」

いきなり壁から作蔵《さくぞう》が首を突きだしぎょろりと目を剝《む》いたので、骸骨はぎょっとしたように一歩退《さ》がって刀の柄《つか》に手をかけた。

「おのれ、妖怪！」

「おめえに言われたかねえよ」

「む……」

それは確かにと、骸骨は素直にうなずいた。柄から手を放し、心持ち胸を張るというか肋骨を反《そ》らせた。

「だが馬の骨とは無礼であろう。わしは、人の骨だ」

「そりゃ、見りゃわかるけどな。どこのどいつかわからなきゃ、馬の骨にかわりはねえだろが」

「これはしたり。まだ名乗ってはいなかったな。——わしは原田新左衛門《はらだしんざえもん》と申す。もとは上州七日市《じょうしゅうなのかいち》藩に仕えておったが、今はわけありにてこうして江戸で浪々《ろうろう》の身の上。あ、いや、浪々の身であったものが、この春に食あたりで命を落としてしまい、このように骨になったという次第だ」

「原田様ですかい。けどよ、たいていは未練がありゃ幽霊になると思うんですがねえ。なんだって、そんな風通しのよいなりに」

「それが、事情を話せばちと長いのだ。しかしながら、おぬしとて他人のことは言えまい。そちらは素通しどころか、見るからに壁ではないか。しかもあの娘の父親とは、何やら子細がありそうな」

違《ちげ》ぇねえと、作蔵はからから笑った。

「俺は作蔵といいまして、あっちの娘はるい。俺ぁ、もとは左官でね。ま、昔は壁を塗るのが仕事だったのが、今じゃ塗られる側になっちまったってことで」

「ほうほう」

なんとも奇天烈《きてれつ》と、原田新左衛門は感じ入ったように何度もうなずく。それを受けて作蔵のほうは、腕まで組んでしかつめらしく、

「まあ、こちとらも話せば長いことながら」

あれは四年前の寒い夜、酒を呑んで家に帰る途中でうっかり足をすべらせて——と、おのれが妖怪『ぬりかべ』になった経緯《いきさつ》を滔々《とうとう》と語りはじめたものだから、

「もう、お父っつぁんたら！」

少し先まで歩いていたるいは、仕方なしに足を止めて、引き返した。何してるのと、壁の前に立って口を尖らせる。

「誰かが道を通ったら、どうするのよ。こっちのお侍様は姿が見えないからいいとして、

お父っつぁんは丸見えなんだから騒ぎになっちまうでしょ」

「んなこた、わかってら。……だがよ、るい。まあ、なんだ、ちょいとばかりこの原田様の話に耳を貸してみたって、罰はあたらねえと俺ぁ思うんだがな」

「えぇ？」

だってよと作蔵、なぜかそわそわと落ち着きがない。

「仇討ちじゃあ、しょうがあんめえ。この原田様はきっと何年もの間、仇を追って旅をつづけてらしたんだろうよ。故郷を離れて流浪《るろう》の身、そりゃもう言うに言われぬ苦労を重ねてきたに違《ちげ》ぇねえ」

やっとのことで憎い仇が江戸にいるとわかったというのに、辿《たど》り着いたと思ったら命が尽きてしまった。本懐《ほんかい》も遂げられずにこんな骨になっちまって、さぞかし無念なことだろう……と、作蔵はぐすっと洟《はな》をすする。

「このままじゃ、あんまり気の毒ってもんだ。こうして知り合ったのも何かの縁、及ばずながらも力になろうってえのが人情ってもんじゃねえか」

つまるところ、江戸っ子というのは仇討ちに弱いのである。芝居の演目の『仇討ち人情物』にやんやと喝采《かっさい》をおくるがごとく、仇を追っている本人を目の当たりにすれば、持ち前の好奇心とお節介《せっかい》の虫がうずうずと騒ぎだすらしい。

「そんなこと言ったって、無理なものは無理。あたしに仇討ちの手助けなんて、できっこないじゃない」

るいが抗議すると、

「おめえにやれたぁ、言ってねえや」

ここぞとばかり、作蔵は新左衛門に向かって身を乗り出した。

「原田様、その決闘ってやつは河原じゃなきゃ駄目なんですかね。こういった壁際でやってもらえりゃ、俺もえいやっと横から助太刀ができるってもんで。なぁに、こちとら斬られたところで平気の平左《へいざ》、それどころか一度死んでるから今さら命を落とす心配はねえってね」

「いや……それは……」と新左衛門が言いかけるより先に、

「お父っつぁんたら、勝手なことを言わないで」

るいは呆れて、作蔵を睨《にら》んだ。

「こっちのお侍様、ええと原田様だって、とうに死んでるし骸骨だし、そこにぬりかべのお父っつぁんが助太刀《すけだち》して仇討ちだなんて、いくら仇でも相手の人だって困るにきまってるわよ」

「だったらおめえは、原田様の頼みを無下《むげ》にするってのかよ。気の毒に、無念が未練になっちまって、こうして成仏《じようぶつ》できねえでいるんじゃねえか。見やがれ、こんなすかすかの骨だけになっちまっても、刀だけはちゃんと差しておられる。天晴《あつぱ》れ、これぞもののふの矜持《きようじ》ってね」

感心することしきりの作蔵を眺めながら、でもものふが仇を討つ前に食あたりで死んだなんてわりとトンチキな話じゃないかしらと、るいは思う。もちろん、口にだして言ったりしないけれど。

「さっきから、言うに言われぬ苦労だの本懐を遂げられずに無念だのって、お父っつぁんが一人で勝手に盛り上がってるだけじゃない。話がややこしくなるから、お父っつぁんはちょっと黙ってて」

「おいこら、親に向かって黙れたぁ、どういう了見《りようけん》だ。おめえがぐずぐず言うから、俺が代わりに原田様に手を貸すって言ってんだろうが」

「そんなこと、頼んでませんよーだ」

「なんだとぉ!?」

父娘がやいやいと言い合いをはじめた時、

「いや、待たれよ」

新左衛門が口をはさんだ。髑髏では表情もわからないが、声を聞けば困惑しきっている様子だ。

「その、なんだ……いささか、誤解があるようだ」

えっと父娘が、新左衛門に顔を向けた。そろって首をかしげる。

「誤解？」

「ってぇ、何がです？」

「うむ。……助太刀まで申し出てもらって、今さらこんなことを言うのも面目《めんぼく》もないことなのだが」

まあ骨だけなんだから、端から面も目もないわねと、るいは思った。

「その、仇討ちの手助けとは、わしが本懐を遂げるとか、相手を斬るなどということではなく……」

「えい、まだるっこしい。だったら何なんでぇ？」作蔵、焦《じ》れったげに壁から身を乗り出した。

一度押し黙ってから、新左衛門は覚悟を決めたようにきっぱりと言い放った。

「仇持ちは、わしではない。逆だ。――わしは討たれる側、つまり仇として追われる身であるのだ」

るいと作蔵は寸の間ぽかんとしてから、「えええ――!?」とまたもそろって声をあげた。

ちょうどその間を計ったかのように、

――お油よろしくー、油でございー。

伊佐吉の声が聞こえてきた。河岸《かし》を替えるのか、売り声が遠ざかってゆく。

「あの男だ」

ぽつりと、新左衛門は言った。

「え……？」

新左衛門は顔を上げると、空っぽの二つの眼窩《がんか》でまるで遠くを見つめるようにして、言葉を継いだ。

「わしを父の仇とするのは、あの油売りなのだ」

二

半刻《はんとき》の後――。

原田新左衛門は、九十九字屋の客間にいた。

「おい。あのがいこ――」

「すみません、冬吾様、ちょっとこちらへ……！」

あの骸骨は何なんだと言いかけた店主を裏庭に引っぱりだして、るいはお使いの帰り道でその骸骨に声をかけられた経緯を説明した。

「仇討ちだと？」

「の、仇として討たれる側だそうです」

「ほう」やはりというか、冬吾の反応は冷ややかである。「それでまさか、この店で匿《かくま》えというのではないだろうな」

「わざわざ匿わなくても、あれじゃ人相なんてわかりませんよ。それどころか、そもそも相手に姿が見えないと思います」

そんなことはわかっていると、冬吾は唸《うな》った。

「なぜそのような者を、うちに連れて来たのかと訊いているんだ」

「ええと、ずいぶん訳ありのご様子なので」

話が長そうだったし、あのまま立ち話をしていて通行人から奇異の目で見られるのは結局るいであるし、他に落ち着いて話を聞けそうな場所も思い当たらなかったし。

「それはそうだろう。仇として追われる身だった男の亡魂《ぼうこん》が、なぜか未練たっぷりで成仏し損《そこ》ない、あまつさえ普通の幽霊ならまだしもあの姿だ。訳ありでないほうが、どうかしている」

ふん、と冬吾は高らかに鼻を鳴らした。

「しかも、どう見ても店の客ではない」

そうですね、どう見てもお金を持ってなさそうですね……と、るいは肩をすぼめた。

「で？」

「はい？」

何を問われたのかわからず、るいは首をかしげた。

「仇の身で仇討ちの手助けをしろとは、どういう意味だ」

「それはまだ、これから聞くところです」

「油売りの父親の、仇だと……？　その油売りというのは、どんな人物だ？」

「どんなというと……、名前は伊佐吉さんで、年は二十の半ばくらいで、顔がいいので女の人に人気があります。よくこのあたりで商売をしていて、うちの油もつい二日前に伊佐吉さんから買ったばかりです」

その時に伊佐吉が路地に踏み込んで店の前までやって来たことが、この一件のそもそもである。

「仇の側が、追っ手の目から逃れるために物売りに身をやつすというのなら、まだわかるがな。……いや」

冬吾はふむと考え込んだ。

「その伊佐吉という男は、実は武家でありながら、仇についての情報を集めるために、わざと油売りに扮《ふん》して歩き回っているという可能性もあるか」

(伊佐吉さんが、お武家さん？)

もしそうならすごいわと、るいは思った。伊佐吉は油を注ぐ技も見事なら、客への愛想も堂に入っていて、武家の仮の姿というよりも、あれが本業にしか見えない。

「あのぉ、冬吾様」

「なんだ」

物思いに耽っていた冬吾が、るいに顔を向ける。るいは、ニコリとした。

「ひょっとして、原田様のお話のつづきが気になってるのでは……？」

「馬鹿を言うな」

たちまちムッとしたところを見れば、図星《ずぼし》である。

「まあ、話を聞くくらいはかまわん。ただし商売にならんのだから、店に厄介事は持ち込むな。どうなっても、私は手を貸さんからな」

自分はあくまで関係なしと念を押して踵を返した冬吾に、

「はい、かしこまりました」

るいは心得顔《こころえがお》で返事をしてから、どうして男の人ってこんなに仇討ち話が好きなのかしらねと首を捻《ひね》りつつ、冬吾を追って店に戻った。

さて原田新左衛門はというと、こちらは泰然自若《たいぜんじじゃく》としたもので、大小の刀を脇に置きぴしりと背骨を伸ばして客間で座っていた。

「ご店主までも、わしの姿が見えるとはありがたい」

冬吾と対面してあらためて自己紹介をすませると、しみじみとそんなことを言う。

「普段は話しかけても、誰にも気がついてはもらえぬ。死んでみると、まことに不便であることよ」

「この世は生きている人間仕様になっていますのでね」

居残ってしまえば苦労もあるでしょう、と冬吾。

「うむ。骨に沁《し》みてよくわかった」

「――だったら、さっさと成仏すりゃいいじゃねえか。なあ原田さん、あんた一体何が未練なんでい」

作蔵が客間の壁からしかめっ面を突きだした。さっきまでの原田『様』が、どうでもよさげな『さん』になっているあたり、わかりやすいことである。新左衛門が仇を討つのではなく討たれる側だとわかったとたん、急に熱がさめたらしい。

「うむ。その話だ。聞いてもらえるか」

「おうよ、ここまでくりゃ乗りかかった舟だからよ」

(……どうしようかな)

るいとしては、客間にお茶を出すかどうかが悩みどころだ。相手は店の客ではないのだし、おまけに死者である。まあ百歩譲ってそれでもいいとして、

(骨だけの人って、喉《のど》が渇《かわ》いたりするのかしらん)

それに、素通りして畳にお茶がこぼれても困るし……などと迷いはしたが、結局、茶を淹《い》れることにした。相手が手をつけるつけないはともかく、こっちが連れてきたのに何も出さないのではやっぱり体裁《ていさい》が悪い。

「湯なら沸いているよ」

「あ、ナツさん」

台所に行くと、いつの間にやらナツが土間の上がり口に腰掛けていた。ニッと笑って、湯気のたつ鉄瓶《てつびん》を指す。

「ありがとうございます」

「また面白いのを連れてきたものだ」

「ナツさんも、原田様のことが気になりますか？」

「あたしが気になるのは、油売りのほうだね」

「伊佐吉さんですか」

裏庭でるいが冬吾にした話を聞いていたのだろう。ナツは喉を鳴らすように、また笑った。

「仇を討つの討たないのってのは、あたしにはよくわからないけどさ。あの男がいなくなっちまったら、つまらないもの」

何がつまらないのかしらとるいが首をかしげると、ナツはすまして言った。

「油だって何だって、いい男から買うほうが美味《うま》いにきまってるじゃないか」

「え、そういうもの……？」

「あんたもねえ、もう年頃の娘なんだから少しは――」

言いさして、ナツはまあいいかと吐息《とき》をついた。

「それより早く戻りなよ。あっちはあんたがいなきゃ、どうにもならないだろ。頼み事をされたのは、あんたなんだから」

「はい」

促されて、るいは慌てて客間に茶を運んだ。

「――なぜわしが仇と呼ばれる身になったかといえば、これがまあよくある話でな」

るいが冬吾のそばに腰を下ろすのを待って、新左衛門は後頭部を指の骨で掻きながら、語りはじめた。

いわく、一緒に酒を呑んでいた相手と喧嘩《けんか》になり、頭に血がのぼったあげくに刀を抜いて、その相手をばっさりと斬り殺してしまったとのことだ。

「我に返っておのれのしたことを悔やんだが、もはや遅かった。わしが先に刀を抜いたのだから、言い逃《のが》れのしようもない。罪に問われることを怖れたわしはその場から逃げだし、そのまま藩を出奔《しゅっぽん》したというわけだ」

「原田様」

るいは思わず、口をはさんでしまった。

確かに芝居なら陳腐《ちんぷ》なくらいよくある筋立てだが、実際には「ああよくある話ですね」とはいかないわけで。

「なんだかさらっと言ってますけど、それってちょっと、いえ、かなりひどい話だと思います」

「そうか」

「非道だし卑怯《ひきょう》だし外道《げどう》ですよ。そりゃもう、豆腐の角に頭をぶつけてくたばりやがれってなくらい」

「そ、それほどか」

「まったくだぜ」作蔵も呆《あき》れたように、「酔っぱらって喧嘩になるってなぁ、珍しいことじゃねえけどよ。お侍が、そこで刀を抜いちゃ終《しめ》ぇだぜ。刃傷沙汰《にんじようざた》のあげくにそのまま尻に帆を掛けてトンズラたぁ、とんでもねえ」

これも何かの縁とはいえ、本来なら話を聞く義理だってねえやと、ぶつくさ言う。

父娘にそろって非難され、

「うむ、面目ない」

新左衛門は素直に肩を落とした。

「わしが斬った相手は、中川源四郎《なかがわげんしろう》という男でな。その息子があの油売りで、名は確か中川伊佐之介《いさのすけ》」

(ああ、やっぱりお武家さんだったのね)

まだなんだかぴんとこない気もするが、油売りの伊佐吉の本名が伊佐之介だというのなら、間違いはなかろう。わかりやすいというか、ひねりがないというか。

そういえば初っ端《しよぱな》、寺の門前で新左衛門が伊佐吉をじっと見ていることに気づき、どこでお侍さんの恨みをかったのかしらと、るいは奇妙に思ったものだったが。

（逆だったんだわ）

恨みがあるのは、伊佐吉のほうなのだ。

あれ、とるいは首をかしげた。

（でも、それだったらどうして——）

仇の側の原田様が、それを討つ側の伊佐吉さんの近くにいるって、おかしくないかしら。立場が逆で、それこそお父っつぁんが言ってたみたいに、仇を討つことができずに死んでしまったことが無念で未練だっていうのなら、わかるけど。

「あの、そろそろですね。原田様は何が未練で、あたしにどうしろというのか、教えてもらえませんでしょうか」

大願があるとか、仇討ちの手助けだとか、るいとしては、何が何やらさっぱりわからないままである。

「おお、そうだな」

新左衛門は髑髏の頭を厳《おごそ》かにうなずかせると、声を大にした。

「単刀直入に申そう。——わしは伊佐之介に、父の仇としてわしを討ってもらいたい。そのために、おぬしの力を借りたいのだ」

「え……」

るいは目を瞬かせた。

作蔵は「へ？」と間の抜けた声をあげ、傍観者を気取っていたはずの冬吾も眼鏡の奥の目を細める。

――そうは言っても、もう死んでいるし。

という三人の心の声が滲《にじ》みでるようなその後の沈黙にはおかまいなしに、新左衛門は言葉を継いだ。

「あれは、わしが中川を斬って逃げ、あちこちの伝手《つて》を頼りながら各地を放浪して一年が過ぎようという頃であったか」

風の噂に、中川源四郎の息子が父親の仇を討つために藩から許しを得て故郷を出ていたことを知った。それは源四郎の死から一ヶ月も経たぬうちのことで、息子の伊佐之介はそのまま江戸に向かったというのだ。

「それを聞いてわしもすぐに、伊佐之介を追って江戸へ来た」

「はあ。……どうして？」

定石《じょうせき》ならば、これもやっぱり逆だ。逃げた仇を追って、討ち手が江戸にやってくるものじゃないのと、るいは思う。

「一年もの間、土地に根ざさぬ暮らしをつづけ、食うためには他人の情にすがることも、武士の矜持を捨てねばならぬことも多々あった。幸いわしは剣術の腕にいささかの覚えがあり、この刀を活《い》かしてなんとか糊口《ここう》をしのぐことができた。しかし——」

新左衛門はふうっと顎《あご》を上げ、二つの眼窩でどこか遠くを見つめるようにした。

「わしはおのれの過《あやま》ちによって逃げ回る生き方に、もう疲れていたのであろうな。伊佐之介の噂を聞いた時、わしはいっそ潔《いさぎよ》く斬られて果てよう、伊佐之介に本懐を遂げさせてやろうと心から思ったのだ」

「あ、そうなんですか」

おのれの言葉に深くうなずいている骸骨を見て、るいは淡々とうなずいた。

「……そこは少しくらい感じ入ってくれてもよかろう。我ながら、天晴れな決意だと思うのだが」

「ええまあ、そうかもしれませんけど。——原田様、食あたりで亡くなったんですよね。潔く斬られていませんよね」

「う……」

視線を逸らせるように横を向く新左衛門。るいは大きくため息を吐いた。

「もしや、伊佐吉さんに斬られなかったのが未練で、成仏できないんですか？　それで、さっきみたいに伊佐吉さんに執着して、そばをうろうろしているとか……」

どうやらその通りであったらしい。新左衛門は、がくりと肩を落とした。

「実はこれが、なかなか切実な問題でな。今際《いまわ》の際《きわ》にわしは、おのれの無駄死にを心底嘆いた。こんなことならもっと早くに伊佐之介に斬られておればよかった、これでは豆腐の角に頭をぶつけてくたばるようなものではないかと――」

「……もしかして、さっきあたしが言ったことを根に持ってます？」

気にするなと、新左衛門はとぼけた。

「それくらいわしにとっては、甲斐《かい》のない死に方だったということだ」

しかもその嘆きが未練となったせいで、このような姿――つまり骸骨になってしまったのだと言う。

「ただの亡霊では斬ることができぬ。が、亡魂《ぼうこん》であろうと骨であるこの姿ならば、刀の露《つゆ》と消えることもできよう。死してなお仇として討たれたいという大願を抱いたがゆえに、わしはこのままでは成仏がかなわぬ。伊佐之介に斬られなければ、いつまでもこの無様《ぶざま》な姿のまま、あの世に逝《い》けぬ身となってしまったのだ」

なんとまあ、面倒な身の上に。と、その場にいた三人は思った。

（お父っつぁんが壁になっちまったことに比べれば、骨くらいはたいしたことないでしょうけど）

悲しいかな、ついつい作蔵を基準にしてしまうので、たいていのことは「まあいいか」ですんでしまう、るいである。

「でも、斬るも何も伊佐吉さんには、原田様の姿は見えていないのでは？」

亡霊か骸骨かという以前に、おそらく伊佐吉は新左衛門の存在にすら気づいてはいないだろう。

つまりこのままでは、新左衛門はいつまで経っても成仏できないことになる。なるほど本人にとって、なかなか切実な問題に違いない。

「うむ。見えないうえに、声をかけてもまったく聞こえないらしい。ならばとあの男の夢枕に立ってもみたが」

「気づいてもらえなかったんですね？」

「朝までよく寝ておった」

そこで頼む、と新左衛門はるいに向かって、がばっと畳に手をついた。勢いが良すぎて、あちこちの骨がかしゃかしゃと鳴った。

「わあ、頭を上げてください、原田様。困ります！」

お武家様が町人の娘に頭を下げるなんてと、るいは慌てた。しかも骸骨なので、見た目に怖い。

「おぬしにはわしの姿が見える。声も聞こえる。どうか伊佐之介に、わしを斬れと伝えてもらえぬか」

「えぇぇ？」

要するに、るいの力を借りたいと言っていたのは、伊佐吉と自分の間に入って会話を取り持ってもらいたいという意味であるらしい。

（初っ端に仇討ちの手助けだなんて言うから、話がややこしくなっちまったのよね）

自分と作蔵の早とちりは棚に上げて、肩をすくめたるいである。

（あ、でも、仇を討つお手伝いには違いないか。伊佐吉さんの）

本人のあずかり知らぬところで、勝手に話が進んでしまっているが。

そういやぁと、作蔵が口をはさんだ。

「仇が先に死んじまったって時にゃ、仇討ちはどうなるんだ？」

「相手が死んだという確たる証拠さえあれば、討ち手は仇討ちを中断して帰郷することができるはずだが」

顎を撫《な》でながら応じたのは、冬吾である。

「へえ、そうなのかい。まあ、いくら憎い仇でも、あの世にまで追いかけていくわけにゃいくめえしな」

原田さん、あんた遺品はねえのかい……と訊ねられて、新左衛門は即座に「ある」とうなずいた。

「江戸に来てから世話になった道場の近くの寺に、わしの刀――ここにある大小の本体と、遺髪《いはつ》を預かってもらっている。わしが死んだらそうしてくれと、道場主に頼んでおいたのだ。先々、伊佐之介が取りにきたら渡すことができるようにな」

おのれが死んだ証《あかし》は残さねばならぬ。さもなくば、伊佐之介は仇を討つことはもはや叶わず、二度と藩には戻れないことになってしまう。

いくら世間が『仇討ち』と持《も》て囃《はや》したところで、その実は過酷なものだ。放浪して憎い仇に巡り会えれば僥倖《ぎょうこう》、会えなければ一生故郷に戻れず家族にも会えず、そのまま行方《ゆくえ》がわからなくなってしまう者もいるという。仇討ちのためにかかる路銀《ろぎん》はすべて自分持ち、運良く相手を捜しだしても、お上《かみ》が認めるのは決闘であるから返り討ちにあえばおのれが命を失う。

そもそも仇を見つけてからの手順が複雑で、まず藩から貰った仇討免状をその土地の役人に届け出なければならない。お上のほうで吟味し、相手が本当に仇といわれる人物であるかどうかを確認し、許可を得てようやく決闘まで持ち込むことができるのだ——という新左衛門の説明を聞いて、るいはしみじみとお武家様って大変だわと思った。

「仇討ちって、そうまでしてやらなきゃいけないものなんですか？」

「それが、武士の面目というものだ」

もしも伊佐之介が仇討ちを拒《こば》めば中川の家は取りつぶしにあっていただろうと、新左衛門は重々しく言う。

「わかりましたよ。だったらあたしが、原田様からの言伝《ことづて》として、伊佐吉さんに寺へ遺品を引き取りに行くよう伝えます」るいは渋々と言った。「原田様の遺品さえあれば、伊佐吉さんは生まれ故郷に戻って、家族と再会することもできるんですよね？」

「こらこら。わしが言ったことを、ちゃんと聞いていなかったのか」

新左衛門は嘆かわしいと言わんばかりに、首を左右に振った。

「わしの成仏がかかっておるのだ。伊佐之介が藩に戻るのはかまわんが、その前にわしを斬るように説得してくれ」

「原田様。それだと仇として潔く斬られることより、ご自分の成仏のほうが大事みたいに聞こえますけど」

いやいやと、新左衛門は慌てたように、おのれの顔の前で手を振った。

「何を言う。わしは勿論《もちろん》おのれの過ちを悔いて、伊佐之介に本懐を遂げさせてやろうと思ってだな――」

「ですから、伊佐吉さんには原田様の姿が見えないのに、どうやって斬れっていうんですか⁉」

「手はある」

新左衛門は肋骨《ろっこつ》を反らせた。髑髏なのに、得意気なのがありありとわかるから不思議だ。

「おぬしが伊佐之介に指示をして、わしの目の前で刀を振り下ろすように仕向ければよいのだ。なに、目隠しをして的に当てる技とでも思えばよい。一振りで斬られるようにわしも間合いをあわせるので、心配はいらぬ」

「……そんな簡単そうに言わないでください」

大道芸でもあるまいし。

右に五歩だの左に三歩だのそのまま真っ直《ます》ぐだのと、刀を手にした伊佐吉を骸骨が立っているところまで誘導している自分を想像して、るいは思わず肩を落とした。伊佐吉を説得できる気が、かけらもしない。

「そもそもあたしが原田様のことを伝えたって、伊佐吉さんに容易《たやす》く信じてもらえるかどうかわかりませんよ」

幽霊が見えない人に、その存在を信じさせるのは難しい。この世の『不思議』が大好物な九十九字屋の常連さんとか、もともとあやかしに係わったことが理由で店を訪れる客を相手にするのとは違うのだ。

るいも、ものの わからない幼い頃には、死んだ人間が見えると言っては嘘つき呼ばわりされたり、気味が悪いと叱られたりしたものだ。

(それに懲《こ》りて幽霊が見えることをきっちり他人に隠すようになったんだから、あたしも子供なりに賢かったわねえ)

昔を思いだしてしみじみと自画自賛していたるいだが、新左衛門が突然「ううー」と呻きだしたので、ぎょっとした。

「ど、どうしたんですか？　お腹でも痛いんですか⁉」

新左衛門はがっくりと肩の骨を落としたまま、いかにも惨《みじ》めな声をあげた。

「頼む。おぬしは、わしがこれぞと見込んだおなごだ。わしにはもうおぬししか、おらぬのだ……！」

「口説《くど》いているみたいだから、やめてください」

「わしは成仏がしたい。それも、武士としてきちんとけじめをつけて成仏したい。仇として立派に討ち取られたと、胸を張ってあの世へ行きたいのだ！」

それは胸を張っていいことなのだろうか。

しかし新左衛門はついに畳に突っ伏すと、「武士として！　断じて！　茸《きのこ》に殺されるような死に方は嫌なのだ――！」と、じたばたとしはじめた。食あたりの原因は、どうやら茸であったようだ。

「ちょ、ちょっと原田様、落ち着いてください」

武士として、その態度はどうなのか。いやそれ以前に、もはや大人げない。

「まったく、見ちゃいられねぇぜ」と、まずは作蔵が音《ね》を上げた。

「おい、るい。ここまで言ってるんだから、頼まれてやってもいいじゃねえか」

「……あああもう。わかった、わかりました」

るいは、ハァと大きく息をついて、うなずいた。

「ぜひあたしに、仇討ちの……じゃなくて、仇を討たれるためのお手伝いさせてください、原田様」

「まことか」

るいの言葉を聞くや否《いな》や、新左衛門はさっと身体を起こして、居住《いず》まいを正した。

「かたじけない。恩に着るぞ、るい殿」

ふと見ると、冬吾が毎度のしかめっ面をしながらも、口の端を震わせている。るいの視線に気づいて拳《こぶし》を口にあて、わざとらしく咳払《せきばら》いをしたところをみると、この成り行きを面白がっているに違いなかった。

(冬吾様ったら、ひどい)

人の気も知らないでと、ぷんと頬を膨らませると、るいはほとんどやけくそで新左衛門に言った。

「原田様。こうなったら心置きなく、思う存分ばっさりと斬られてくださいね」

「そうそう、骨は俺たちでしっかり拾ってやるから、後のことは気にすんな」

どのみち骨しか拾うものがねえけどな、と作蔵。

父娘の励ましに「ありがたい」と新左衛門、感激することしきりの様子だ。

「ご店主」

そうしてあらためて、新左衛門は冬吾と向きあった。先ほどのていたらくが嘘のように、ぴしっと頭を下げた。

「このような次第で数日、こちらの奉公人をわしに貸していただきたいのだ。私《わたくし》事《ごと》にてすまぬことであるが、このとおり、よろしく取りはからってもらえぬか」

初っ端からそうだったが、町人を相手に衒《てら》うところのない人物である。

「承知しました。そういうことでしたら、どうぞ気兼《きが》ねなく。この娘ならば、多少はお役に立てるでしょう」

見てのとおり暇な店ですのでと、冬吾はすましたものだ。本来、店の主《あるじ》に先に許しを得るべきなのだろうが、今回は成りゆきで順序が逆なのは仕方がない。

「それでも、うちにとってはたった一人の奉公人ですから、まったく店にいないとなると不便になります。朝夕はこちらに顔を出すよう、お願いしますよ」

「心得た。迷惑はかけぬようにする」

とうに迷惑ですと言ってやりたいのは山々だが、またじたばたと駄々《だだ》をこねられてはたまらない。冬吾が相変わらず口の端をぴくぴくさせているのが、ちょっぴり癪《しゃく》に障《さわ》ったが、

(ここはあたしが、うんと大人になってやらなくちゃ)

るいはにっこり笑って、黙っていることにした。

——さて油売りの伊佐吉こと中川伊佐之介に、どのように説明すれば納得をして、つつがなく仇を討ってもらえるか。

明朝にまた訪ねてくると言い置いて、新左衛門はその日は引きあげていったのだった。

三

「原田様は、普段はどちらにいらっしゃるのですか?」

「寺だ」

「ああ、遺品を預けてあるっていう……」

「実はわしの位牌も、同じ寺に置いてもらっているのだ。さもなくば亡魂のまま寄《よ》る辺《べ》なく、この世をさまよいつづけることになったであろう。うむ、考えるだに怖ろしいことよ」

供養はしてもらうものだと、新左衛門はしみじみと言う。

「ところで、るい殿」

「はい、何でしょうか」

「わしはいつまで、ここを掃除していればよいのだろうか」

というのも、先刻から新左衛門は箒を握って、せっせと店の前の落ち葉を掃いているのである。

「暇だから何か手伝うって仰《おつしや》ったの、原田様じゃないですか」

るいのほうは店の戸口や看板を雑巾《ぞうきん》で拭きながら、お侍さんなのに、しかも死んでいるのに箒が使えるなんて原田様ってすごいわ、などと感心していた。幽霊によって実体がある物に触れることができたりできなかったり、るいには未だにその道理はよくわからないのだが。

（でもこれって、傍《はた》からはどう見えているんだろ）

何も知らない人が目にしたら、箒がひとりでに動いているように見えるのではなかろうか。だったら気をつけなきゃ、他所《よそ》でやったら騒ぎになっちまうわと、るいは思った。

「しかし、これではキリがないぞ」

新左衛門は箒を持つ手を止めて、何だか切なげに呟《つぶや》く。その白い頭蓋骨の上に、風に運ばれた枯葉がはらはらと落ちてきた。

「この時期は仕方がないですよ。それでも、掃除を怠けるわけにはいきませんから」

自分でも愚痴《ぐち》っぽく言ってしまってから、るいは路地の先の通りへと視線を向けた。

（伊佐吉さん、来てくれるかしら）

昨日の約束どおり、店を開けてすぐに新左衛門はやって来た。一緒に伊佐吉に会いに行ったものの、姿を見かけた時には当人は客を相手に、文字通り油を売っている最中《さいちゅう》だ。商売の邪魔をするわけにもいかず、さりとて油を買うついでに他の客の前でできる会話でもないので、手が空いたら先日のように店まで来てほしいと声をかけて、るいはいったん戻って来た。

「原田様」

ふたたび箒を動かしはじめた新左衛門に、るいはふと思いついて言った。

「伊佐吉さんに遺品を渡す時に、寺にあるお位牌も一緒に持っていってもらいますか？」

しかし新左衛門はあっさりと首を振って、

「それには及ばぬ。わしはすでに、江戸に骨を埋めた身なのでな」

正真正銘、土の中に埋まっているところがミソだ。

「でも、せめてお位牌だけでも戻れば、国もとのご家族だって安心されると思いますけど……」

来年のお盆には故郷に帰ることもできますしとるいは言ったが、新左衛門はまたも首を横に振った。

「わしには、故郷に残してきた家族はおらぬ。兄弟もなく、父母はわしが出奔する前に老いて亡くなっている。おかげで親不孝をせずにすんだ」

聞けば新左衛門はまだ若い頃に妻を流行病《はやりやまい》で亡くし、子供もいなかった。そのまま再婚することなく、家を継がせるなら養子を迎えればよいと気楽にかまえていたことが、むしろよかったと言う。

おかげで故郷への未練はないと、新左衛門はからからと大口を開けて笑った。が、すぐに真顔に——多分だが——なると、わしのことはよいのだと呟くように声を小さくした。

「伊佐之介はそうはいかぬであろう」

るいは寸の間、新左衛門を見つめると、目を瞬かせた。なんだか不思議だな、と思う。

「……原田様って時々、仰ることがとても善《よ》い人のように聞こえますよ」

「そうか」

「酔っぱらって人を斬って、父の仇として恨まれるような外道らしからぬといいますか」

「ううむ。それはいかんな」

そうですよと、るいはうなずく。

「ちゃんと仇らしく憎たらしい悪人じゃないと、伊佐吉さんもわざわざ原田様を斬ろうって気にはならないかもしれないじゃないですか」

「それは困る」

箒の柄を握りしめて困惑した様子の新左衛門だったが、しばしの後に、ぽつりと言葉を漏らした。

「るい殿。実はそのことなのだが、ひょっとしたら伊佐之介は――」

何を言いかけたのかは、わからなかった。というのも、その時。

――お油よろしくー、油でございー。

「あ、来た！」

よく通る売り声とともに、油売りが路地に入ってきたのが見えたからだ。

るいは慌てて新左衛門から箒をひったくると、戸口の横に立てかけた。自分はせっせと雑巾であたりを拭《ぬぐ》っているふりをしながら、伊佐吉に手を振った。

「よかった。待ってたのよ」

「すまねえ。今日は廻るところが多くて、ちょいと遅くなっちまった」

「商売繁盛、何よりじゃない」

伊佐吉は油桶を地面に下ろすと、首をかしげた。

「先日ここで油を売ったばかりだが、もうなくなっちまったのか？　いや、こっちはありがたいがな」

「違うの。こないだの二合じゃ足りなかったのよ。うちの旦那様に、多めに買っておくように言いつかっていたのに、あたしったらすっかり忘れていて」

るいがすらすらと笑顔で口にした言い訳を、もちろん疑う理由はない。伊佐吉はそうかいと愛想良くうなずいて、るいが用意していた容れ物に油を注ぎはじめた。相変わらず手慣れた、綺麗《きれい》な動作だ。

るいは、傍《かたわ》らに立っている新左衛門にちらりと視線を向けた。骨だけの腕を組んでいた新左衛門も、応じて小刻みにうなずいてみせる。

(さて、とっかかりはどうしようかしら)

どうやって伊佐吉に話しかけようかとるいはずっと考えていたのだが、どうせ何を話しても驚くにきまっているのだ。だったら遠回しに言うよりも、いっそずばりと訊くのが早いというもの。

「あのね、伊佐吉さん。ちょっと訊きたいことがあるの」

るいは客の女たちがよくそうするように油桶の前にしゃがんで、膝《ひざ》で頬杖をついた。そうして伊佐吉を見上げる。

やっぱりこうしていてもお武家様にはとても見えないのがすごいわ、と思った。

「なんだい」

「原田新左衛門という人を知っている？」

一瞬、柄杓から注がれる油の流れが、揺れたように見えた。が、伊佐吉は何も言わない。するすると容れ物に落ちる油を見つめたまま、呼吸をふたつみっつ数えるほどの間をおいてから、油売りは口を開いた。

「いや、知らねえな。俺にゃ、お武家の知り合いなぞいねえ」

「でも」

仇を捜しているのなら、少しは反応するかと思ったのだが。

（まさか、知らんぷり……？）

「そのお人が、仇をどうかしたかい」

「なんでも、仇として追われている身なんですって。もとは七日市藩のご家来だったけど、人を殺して逃げてしまったせいで、その殺された相手の息子が仇を討つために江戸にいるっていうの」

「へえ」

油をすっかり注ぎ終えるまでには、時間がかかる。その間に客の話し相手をするのも、油売りの仕事である。つまり柄杓から垂れる油が途切れないうちは、会話を打ち切ることはできないわけだ。

「なんだって俺にそんな話を？」

伊佐吉は相変わらず、柄杓から落ちる油を見つめたまま。

よし、とるいは頬にあてている拳に力をこめた。

「だって、原田様を追っているのは、伊佐吉さんなんでしょ。本当はお侍さんで、名前は中川伊佐之介というんでしょ？　もしかすると油売りをしているのは、原田様を捜すにはそのほうがお客からいろんな話が聞けて都合がいいからなのかなって思ったんだけど」

油が容れ物の口に触れて、こぼれた。伊佐吉はちっと舌打ちをした。

「おいおい、誰が言ったんだ、そんなこと。俺は二本差しとは縁のねえ、見たまんまの素っ町人だ。その俺が仇持ち？　冗談言っちゃいけねえや」

「原田様から聞いたの。じゃなきゃ仇討ちの話なんて、あたしが知っているわけないじゃない」

るいはしゃがんだまま、上目遣いに伊佐吉を見た。

いきなりこんなことを言いだせば怪しまれるのは当然だが、伊佐吉としても憎い仇の居場所を知りたいのは山々のはずだ。

原田新左衛門は今、どこにいるのか――教えろと伊佐吉が言いだせば、話は早いのだが。

「だからよ、俺は原田なんて野郎には会ったことがねえし、顔も知らねえ。あんたが何を言っているんだかさっぱりわからねえな」

どうあっても、しらばっくれるつもりらしい。

るいはひょいと首をかしげてみせた。

「伊佐吉さんて、江戸の人じゃないでしょ」

「あぁ？」

「言葉がちょっと違うもの」

「訛《なま》ってるってのか」

「そこまでじゃないけどね。普段はちっともわからないし」

よその土地の人間だということを知っていて、さらによくよく注意して聞いていれば、ほんのわずかクセに気づく程度のものだ。

まあ確かにと、伊佐吉は苦笑した。

「だいぶ馴染んだつもりだったがな。こっちの生まれじゃねえのは、その通りだ」

「生まれは上州？」

「あのな」

いなすような伊佐吉の口ぶりに、るいは着物の裾《すそ》を払って立ち上がった。

「言っとくけど、江戸の人間は気が短いの。いつまでも知らん顔の半兵衛さんを決め込まれちゃ、まどろっこしいったらありゃしない。伊佐吉さんは本当はお侍さんで、原田様は父の仇なんでしょ？　仇を討ちたくないの？」

返ってきたのは、大きなため息だった。

伊佐吉は残りの油をどぷりと手荒に容れ物に流し込むと、柄杓を置いた。

「えい、くそ。油が跳《は》ねちまった。とんだしくじりだ」

ようやくるいと目をあわせて、伊佐吉はごりごりと耳の後ろを掻く。

「あんた、原田新左衛門と一体どういう係わりだ？」

「係わりってほどのもんじゃないわ。たまたま道を歩いていて、声をかけられただけ。それで、伊佐吉さんに伝えてくれって言われたの。――原田様は伊佐吉さんに、仇として潔く討たれたいんですって」

「へえ」

伊佐吉は考え込むように空を仰いだ。

「あんたとは何度か顔をあわせているが、これまでそんな話は一言もなかったじゃねえか」

「うん。だって、あたしが原田様に会ったのは、つい昨日のことだもの」

仰向《あおむ》いたまま、伊佐吉は昨日ねえと呟いた。

「なんだって原田は、あんたにそんなことを頼んだんだ？」

「その話をする前に、ええと、中川伊佐之介様とお呼びしたほうがいい？」

「いんや、今までどおりの伊佐吉でかまわねえよ」

「それじゃ、伊佐吉さん。原田様がお亡くなりになったことは、知らなかった？」

伊佐吉は視線を下げると、るいを見た。

「原田が死んだ？」

「この春に、ええと、病を患《わずら》って」

茸にあたったとは、情けなくてとても言えない。

「でね、原田様は仇討ちのことを気にかけていて、伊佐吉さんに斬られなかったことが心残りで、その……死んでも死にきれなかったというか、成仏し損なったというか、この世に居残ったというか、つまり」

今度はるいが、大きなため息をつく番だった。

「今、幽霊なの」

伊佐吉の精悍な顔が、だらりと弛緩《しかん》したように見えた。何か珍妙なものでも見るように、るいを凝視する。――まあ、当然の反応だろう。

「あの、こういうことは他人に言ってもなかなか信じてもらえないんだけど、あたし、見えるの。死んだ人が。声も聞こえるし、話もできる。……そういうわけで、原田様に手助けしてくれって言われたのよ。さもなきゃ、それこそ何の関係もないあたしが、原田様と知り合いになるわけがないし、伊佐吉さんにこんな話をする理由もないじゃない？」

伊佐吉は何度も口を開け閉めしてから、こめかみのあたりを指で押さえた。

「ちょっと待ってくれ。……ええと、原田は死んだんだな」

「うん」

「で、幽霊になったと」

「そう」

「それであんたに、言伝を頼んだってのは……？」

「だって伊佐吉さん、原田様の姿が見えないし、声も聞こえないでしょ。夢枕に立っても駄目だったって、原田様がぼやいてたよ。いつも近くに立っていて、伊佐吉さんのことを見ていたのだって知らないでしょ」

昨日、寺の門前で伊佐吉が商いをしている時にも、新左衛門はそばにいた。たまたまるいが通りすがったのが縁で、頼み事を引き受ける羽目《はめ》になった——と、るいが説明すると、伊佐吉は「げっ」と唸った。

「おい、それじゃ、その……今もいるってのか？」

「いるわよ」

そこにと、そばで手を振っている骸骨を、るいは指差した。とたん、伊佐吉はわっと叫んで後退《あとずさ》った。見えなくても、死んだ人間がそこにいると聞けばやっぱり驚くし、怖いに違いない。

「で、何だって？　原田は俺に斬られたいって言ったってのか」

「そうそう」

「……死んだやつを、どうやって？」

当然の疑問であろう。

「あたしもそう思ったけど、なんでも刀を持てば指示するから、そのままばっさりいけとか何とか」

伊佐吉は大きく肩を下げた。と思ったら、そのまま力が抜けたみたいに、地面に尻をつけて座り込んだ。

そうして頭を抱えているのを見て、

「原田様が、武士がたかが亡霊相手に腰を抜かすとは、情けない奴だと言ってるけど」

るいは伝えた。

「何の説教だ、そりゃ。……腰が抜けたんじゃねえ、こんな馬鹿げた話、呆れてつっ立ってる気にもならねえだけだ。仇のほうから幽霊になって会いにくるなんて、聞いたこともねえや」

その場で胡座《あぐら》をかくと、伊佐吉は膝頭《ひざがしら》を摑むように両手を置いた。しゃっきりと背筋を伸ばす。

「なあ、おい。あんた、原田がそこにいるのなら伝えてくれ」

「あたしが言わなくたって、原田様には聞こえているわよ」

「てめえが見えねえ相手と話ができるかって。話がしたけりゃ、せめて化けて出てきやがれってんだ。せっかくあんたが間に入ってくれてるんだ、俺はあんたに言伝を頼む」

骸骨がうなずいているのを見て、るいも「はい」とうなずいた。

「俺は原田には恨みはねえ。端《はな》から、仇討ちなぞする気はなかった。だから、未練だなんだと言ってねえで、とっとと成仏しやがれってな」

るいはぽかんとした。

仇討ちをする気はない……？

「え、でも、原田様を見つけるために、ずっと江戸にいたんじゃないの？　仇を討たないと、故郷にも帰ることができないんでしょう。伊佐吉さんには待っている家族がいるんじゃないの？」

「いねえよ、待っているやつなんか」伊佐吉は、あっさりと首を振った。「俺は、故郷を出る時に決めたんだ。二度と戻らねえ、中川の名前も捨ててやるってな」

「え、ええ？」

るいは新左衛門を見た。

（ちょっと、何か言ってよ、原田様）

しかし新左衛門は腕を組んだまま、無言だ。髑髏なので、何を考えているのか表情がわからなくて困る。

ここで黙《だんま》りはあんまりだわとるいは思ったが、仕方がない。自分で訊くことにした。

「どうして？」

「そこはそれ、こっちの事情だ。他人にゃ関係ねえ」

「原田様にも？」

ああ、と伊佐吉はうなずいた。

「あんたはさっき、俺が油売りをしているのは原田を捜すためかと言ったがな、悪いがそいつは見当違いさ。俺はもう武士は捨てた。このまんま江戸で生きていくつもりで、商売をはじめたんだ。刀は売っちまったし、もらった人相書きはとうになくしちまったから、原田の顔を知らねえってのも嘘じゃねえ」

藩からもらった仇討免状にいたっては、故郷を出た次の日に丸めて川に捨ててしまったという。

「だからな、仮に原田が生きていたとしても、免状がねえんじゃ仇討ちはできねえってこった」

「で、でも、伊佐吉さんのお父様のことは？　本当に原田様を恨んでいないの？」

「俺は、あの野郎を父親だと思ったことは一度もねえよ。死んじまえとまでは思わなかったが、死んで悲しいとも思わなかった」

さばさばとしていた伊佐吉の声音が、その時だけすうっと冷えたようだった。

「身内の連中にしたところで、俺が見事に仇を討ち果たすなんてことは望んじゃいねえさ。そのまま消えてくれ、帰ってこられちゃ困るってのが、本当のとこだろう」

うわあ、とるいは思った。なんだか、すごくどろどろした事情がありそう。

「ま、そういうことで。この仇討ちはなかったことにしてくんな」

きっぱりと言って、伊佐吉は立ち上がった。油桶を下げた天秤棒を逞《たくま》しい肩に担ぎあげ、「じゃあな」とるいにうなずいた。

「話はここまでだ。これからもここへは商いで廻ってくるからよ、ご贔屓《ひいき》のほどよろしく頼むぜ」

「あの……」

るいは口ごもった。頭の中がぐるぐると、とっちらかっている。何か言わなきゃと思うのに、何を言えばいいのかわからない。

それでもようやく、伝え忘れていたことをひとつ、頭の片隅から捻りだした。

「原田様の遺品があるの。伊佐吉さんに受け取ってもらうつもりで、預けたお寺にもそう言伝してあるそうなんだけど……」

「遺品？」

「原田様の刀と遺髪ですって」

一寸《ちよつと》黙ってから、伊佐吉はゆるりと首を振った。

「俺は受け取れねえ。寺で供養でもしてもらってくれ」

立ち去る伊佐吉を見送って、るいはふぅと息をついた。

思っていた話とはだいぶ違って、まだ頭の中はこんぐらがったままだったが、それでも。

(これって一応、解決したということよね)

「あの、原田様」

黙然《もくねん》と伊佐吉の姿が消えた路地の先を見つめている様子の新左衛門に、声をかけた。

「よかったですね。伊佐吉さんに仇討ちをするつもりがないのなら、原田様も仇として斬られる必要はないってことでしょう？　どうぞ、心置きなく成仏なさってください」

「ううむ」

が、新左衛門の返答は煮え切らない。

「いや、だが、しかし」

「どうかしたんですか？」

それが、と新左衛門は、何やら申し訳なさそうに頭蓋骨を指で掻いた。

「昨日も申したように、わしはおのれの大願に縛られてこの世に居残っておる。——というこことはだ、たとえ伊佐之介にその気はなかろうと、もはや奴に斬られぬかぎりわしは成仏ができぬということなのだ」

「えぇぇ？」

要するに、新左衛門が成仏するには、何がなんでも伊佐吉に斬ってもらうしかないわけで。

「どうしてそんなに融通《ゆうずう》がきかないんですか!?」

「そこはそれ、武士に二言はないのでな」

解決どころか、事態はさらに面倒くさくなっただけだった。

四

るいと伊佐吉の会話は、店の中にも聞こえていたらしい。事の成り行きにるいが外に突っ立ったまま呆然《ぼうぜん》としていると、「おい」と冬吾の声が聞こえた。入れと言っている。

見れば冬吾はすでに座敷に腰を据えていたので、るいと新左衛門はそそくさと中に入って、店主の前に座った。すぐに部屋の壁から作蔵がしかめっ面を突きだしたのも昨日と同じ、違うのは階段の半ばに三毛猫がすまして丸まっていることだ。

「おい、どういうこった」と、作蔵が真っ先に口を開いた。「ばっさり斬られるはずが、話がだいぶ違うじゃねえか」

「……伊佐之介め、ひょっとしたらと思っていたが。やはり、そうであったか」

新左衛門は憮然《ぶぜん》としたように呟いた。

「え、思っていたんですか？」

何が「やはり」で何が「そう」なのかと、るいは首をかしげる。

「実を言えば、わしは江戸でのあやつの居場所をずいぶん前から知っていた。むろん、生前の話だ」

中川伊佐之介が仇討ちのために故郷を離れたという噂を聞いて江戸へやって来た新左衛門は、すぐさまその行方を捜しにかかった。それこそ物売りに身をやつし、七日市藩の江戸屋敷の周辺をわざとうろついていたこともある。出奔した原田新左衛門によく似た男がいると噂にでもなれば、それが伊佐之介の耳に届くやも知れぬと考えたからだ。

物売り以外にも食うために様々な仕事を請け負ったが、口入れ屋に出入りする際にも原田新左衛門という本名を偽ることはしなかった。伊佐之介が仇を追うための手がかりを、少しでも多く残すためである。

そうこうするうち、新左衛門は、口入れ屋から用心棒の仕事を斡旋《あっせん》されたことが縁で、とある剣術道場に腰を据えることになった。腕を見込まれてのことだというから、本人が「剣の腕にいささかの覚えがある」と言っていたのは嘘ではなかったらしい。そうして道場を手伝うかたわら、新左衛門は伊佐之介を捜しつづけた。

「……と、まあ、そのような苦労の末に、わしはついに伊佐之介が住んでいる場所をつきとめたのだ」

飄々《ひょうひょう》とした新左衛門の口ぶりであるが、それでもよく見つかったものだ。俗に言う江戸八百八町、実際にはその倍以上も町があり人も多いこの江戸で、手がかりもなく人間一人見つけだすのは、砂に混じった芥子粒《けしつぶ》を探すようなものである。

（だけど、原田様がそんなにせっせと捜してたってのに、肝心の伊佐吉さんには仇討ちする気がこれっぽちもなかったのよねえ）

そう思ったら、るいはため息がでた。

伊佐吉を見つけた経緯をさらに詳しく聞けば、なんでもある日新左衛門は道端でかつて藩にいた頃の知り合いと偶然出くわし、声をかけられたのだという。相手は参勤交代のお供でたまたま江戸に来ていたのだが、新左衛門の事情については当然聞き及んでいた。さらに同行している家臣の中に中川伊佐之介を江戸で見かけた者がいるという話から、新左衛門はようやく、手がかりを得るに至ったらしい。

伊佐之介は油売りの伊佐吉として、本所は相生町《あいおいちょう》の長屋に暮らしていた。

「本当に本人かどうかを確かめるために、わしは長屋へ足を運んだ。こっそりと遠目にではあるが、一目見て間違いないとわかった。わしが斬った中川源四郎に、面立《おもだ》ちがよく似ていたのでな」

そこで本人がいない時を見計らって、「原田新左衛門の所在」として道場の住所を書き記した文を、こっそりと伊佐之介の家の戸口に差し込んでおいたのだという。

「ところが、何日経っても、伊佐之介は道場にはやって来なかった。そこで初めてわしは、妙だと思ったのだ。――たとえ文に書かれていることの真偽を疑ったとしても、憎い仇を追うようすがに、せめてこちらを訪ねてくるくらいのことはするのではないかと。それがないということは……」

新左衛門は後の言葉を濁した。

そう考えれば、伊佐之介が故郷を発ってから新左衛門を追うのではなく、そのまま江戸へ向かったというのも、おかしなことであったのだ。

「ひょっとするとなんて思っていたのだったら、先に言ってくださいよう」

こっちだってそのつもりで話をしたのにと、るいが小さく口を尖《とが》らせると、

「うむ。つい、言いそびれておった」

すまぬと、新左衛門はまた頭の骨を掻《か》く。

そういえばと、冬吾が口を開いた。

「もうひとつ、こちらも訊きそびれていたのですがね、原田さん。そもそもあなたが中川源四郎を斬って逃げたのはいつのことです」

「うむ。あれは確か——」

ひいふうみいと指を折り、かれこれ六年前のことだと新左衛門は答えた。

「へえ、そりゃまた」作蔵が驚いたように言う。「六年前ってなぁ、俺がまだ生きてて人間だった頃じゃねえか」

「お父っつぁんがぬりかべになったのは、あたしが十二の時だよ。そんな大昔みたいに言わないでよ」

とはいえ、六年はけして短くはない年月である。

「江戸住まいになってからは、五年だ。伊佐之介の噂を聞いて、わしがあやつを捜しに来たのが、出奔した次の年のことであったから」

「なるほど。その間にあなたは伊佐之介、いや伊佐吉の行方をつきとめることができた。——とすれば、伊佐吉のほうでも捜してさえいれば、あなたに近づくことはできたのではないですか。ええ、伊佐吉に仇討ちをする意志さえあったなら、むしろあなたが方々に手がかりを残していたぶん、彼のほうがずっと早くにあなたを見つけだしていたと思いますけどねえ」

ところどころ嫌味ともとれなくない冬吾の言葉に、新左衛門は「それとて、今にして思えばということだ」と肩を落とした。

「どうせわしはすでに死んだ身、だめ押しにもう一度くらいちょっと斬ってくれてもよかろうと思うのだが」

こうなれば仇討免状もいらぬし、生きた人間を斬るほど手間でもないだろうに、などと呟いている。あげくに、

「もはやわしは、このように骨だけとなった浅ましい姿で、この世を彷徨《さまよ》いつづけるしかないのか。いっそ武士らしく腹を切って果てたいと思えど骨だけでは、その腹がない。ああ、なんと情けないことだ」

と、見るからに気落ちしているので、鬱陶《うっとう》しいことこのうえない。

「腹がないからなんだっていうんですか。腹なんてなくたって、原田様は立派です。立派な骸骨です。それに、どのみち死んでるんだから、今さら腹を切ったってしょうがないですよ！」

るいは精一杯、励ました。

「諦めちゃだめです。どうにかして、伊佐吉さんが仇討ちをしてくれるように、頑張って手だてを考えましょう」

そうとも、と作蔵も壁から首を伸ばして大きくうなずく。

「どうやらあの伊佐吉って野郎は、性根《しょうね》の悪いやつじゃあなさそうだ。もう一度頼みこめば、案外すんなり、あんたをばっさり斬ってくれるかもしれねえぞ」

「……だからサ、仇討ちをする気がないっていうなら、その理由を本人からちゃんと聞くのが先じゃないのかい」

階段から声がした。

「あ、ナツさん」

「ごちゃごちゃ言ってないで、もう一度あの男に会ってサ、あっちの事情もこっちの事情も互いにすっかりわかったうえでなきゃ、どうにもなりゃしないだろ」

それまでいなかったはずの女がしなりとした足取りで階段を下りてきたのを見て、新左衛門は驚いた。

「む、おぬしは一体……」

「あたしかい？　あたしは、さっきまでそこにいた猫だけどね」

「ね、猫!?」

その後しばし、新左衛門に化け猫についてひとくさり説明する羽目になったが、それはさておき。

「しかし、あれほど頑《かたく》なに仇を討つ気はないと言うのだ、よほどの事情があるのであろう。伊佐之介本人にとっても面白くない話であれば、訊いたところで素直にしゃべるかどうか」

新左衛門は沈んだ声で言った。

（そりゃ、あんなことを言うくらいだもの）

――あの野郎を父親だと思ったことは一度もねえよ。

本来、他人が首を突っ込んでよい事情では、けしてないだろう。あたしだって聞きたくなんてないわと、るいは思う。

「それについては、何か心当たりでもありませんかね？」

冬吾の問いに、新左衛門は首を振った。

「わしは父親の中川源四郎とは、親しいつきあいはなかったのでな。伊佐之介の名も仇討ちの噂で初めて知ったほどだ。見当などつかん」

おや、と冬吾は眼鏡の奥の目を細めた。

「親しくもない相手なのに、一緒に酒を呑んでいたのですか？」

「――」

新左衛門は黙り込んだ。あきらかに返答に困ったうえで、口を噤《つぐ》んだように見えた。

「ほらね」

ナツがくつくと喉を鳴らすように笑う。

「あんたにも、あたしらに黙っていることがあるのだろ。それこそ、口にしたくない事情ってやつがさ。……あんたにとっちゃあの世まで一人で持っていきたいことなのかもしれないが、あんたが望む仇討ちにひとつでも嘘や黙りがあるのなら、伊佐吉が気の毒ってもんだ。あの男の話が聞きたいのなら、あんたのほうでもちゃんと筋を通しておやりな」

「……一言もない。そのとおりだ」

新左衛門は一度項垂《うなだ》れてから頭をあげ、深くうなずいた。そうして、

「できることなら、伊佐之介とおのれの声で言葉で、じっくりと話をしたいものだな」

そんなことを、やるせなく呟いたのだった。

五

「伊佐吉さん。お願いがあるの」

翌日。るいは店の近所の長屋の木戸前で、伊佐吉を見つけて声をかけた。

「仕事をあがったらでいいから、今日は筧屋のほうに寄ってくれない？　知ってるよね、六間堀《ろっけんぼり》にある旅籠《はたご》なんだけど」

ちょうど客が切れたところで、伊佐吉は摑んでいた天秤棒を下におろすと、胡散臭《うさんくさ》げにるいを見返した。

「商いならかまわねえが、原田のことだったら俺にゃもう関係ねえ。勘弁してくんな」

「もちろん油は買うわよ。旅籠だもの、上客よ」

るいはニッコリしてから、伊佐吉に向かって手をあわせて拝む真似をした。

「そのついでにもう一度、原田様に会ってあげてほしいの。どうしても伊佐吉さんに話したいことがあるんだって。だからお願い、このとおり」

どっちがついでだと、伊佐吉は呆れ顔だ。

「会いたいって言われてもな、こっちは見えやしねえ」

今もこの場にいるのかと薄気味悪そうに目を泳がせるので、るいは首を振った。新左衛門が今日は一緒にいないのは、本当のことだ。

「来てくれるなら、お酒も用意しておくから。仕事あがりに一杯ひっかけるつもりで、ね？」

るいの強引さに、伊佐吉は鬢《びん》のあたりを指で掻きながら、仕方ねえなあと唸った。

「不味《まず》い酒なら、すぐに帰るぜ」

「ありがとう。待ってるね！」

「……あのな。老婆心から言っとくが、真っ昼間の往来で若い娘が男をつかまえて宿に来いだのなんだのってのは、やめたほうがいいぜ。外聞が悪《わり》ぃや」

「え、あああ、そ、そんなんじゃ……！」

真っ赤になったるいを見て、伊佐吉は笑う。天秤棒を担いで、じゃあなと手を振り、行ってしまった。

「もう」

ぷくっと頰をふくらませてそれを見送ってから、るいは真顔になる。昨日、新左衛門から聞いたことが頭をよぎった。

——わしの家は藩で代々つづいた町道場でな。そこそこ門人《もんじん》もいて、わしも一応は先生と呼ばれる身であった。

なるほど弟子をとって剣術を教えていたのなら、腕が立つのも当たり前だ。子がいないから養子を迎えるというのは、いずれは力のある弟子に道場を譲るという意味であったらしい。

——ところがある時、このわしを藩の剣術指南役に任ずるというお達しがあった。こちらとしてはまさに寝耳に水のことで、なぜたいした役にもついておらぬわしが名指しされたのかもわからん。だいたいが、はばかりながら市井《しせい》の道場の主として気ままにやってきたものを、今さらそのような堅苦しいお役目は性に合わぬ。

新左衛門は辞退を申し出たが、ご下命《かめい》の一言で一蹴されたという。

——わしに指南役をやれということは、それまでその役目にあった者を降ろしてすげ替えるということだ。その者にしてみれば面目は丸つぶれ、屈辱きわまりないことだっただろう。おかげで、いらぬ恨みをかうことになった。

その恨み骨髄の剣術指南役こそが、中川源四郎であった。

夕七つ（午後四時）になって、約束どおり伊佐吉は筧屋にやって来た。

その日は冬吾の指示で、旅籠の二階に客は入っていない。主人の奇妙な注文には慣れっこの女将は、女中たちにも今夜は上にあがらぬように言い聞かせて、伊佐吉を二階の奥の座敷へと案内した。

「こんなあらたまった部屋じゃなくても、俺は下の板敷きでよかったんだぜ」

るいが酒と肴をのせた膳を運んでいくと、伊佐吉は畳に胡座をかいて、ひとめぐり座敷を見回した。

「それだと勝手口に近いし、人の出入りが気になって落ち着かないもの」

この部屋にした理由は他にもある。

襖《ふすま》を隔《へだ》てた隣の部屋には冬吾とナツがいて、伊佐吉に気づかれないようにここでの話を聞いている。作蔵もそのへんの壁に隠れているはずだ。

じゃあ遠慮なくと、伊佐吉は手酌《てじゃく》で盃《さかずき》を満たし、口をつけた。

「で、話ってのは何だ？」

「その前に……はい、これ」

るいは胸元から丁寧《ていねい》に折りたたんだ紙の包みを取りだした。受け取って、こりゃなんだと伊佐吉は首をかしげる。

「迷惑料とでも思って。わざわざ来てもらったわけだし」

「いや、そいつはかえって悪《わり》ぃや。この酒で十分チャラだ」

「そう言わずに、ね、いいから受け取って」

一度は返そうとしたものの、るいに頑として押しつけられて、伊佐吉は「まあ、そういうことなら」と中身をあらためもせずに、包みを自分の懐《ふところ》へ押し込んだ。それを見て、るいは思わず拳を小さく握る。

「よし」

「……何が」

「ううん、何でもない。それより、じゃんじゃん呑んでね。お銚子をもっと持ってこようか」

勧められるまま盃を空けて、伊佐吉は苦笑した。

「ありがてぇが、先に話をすませちまってくれ。酔っぱらっちゃどうにもならねえ。どうせ原田はここにいるってんだろ？」

相手が幽霊でも俺はもう驚かねえと、盃を手に伊佐吉は強気に言った。

「よかった。……ええと、何の話かっていうとね」

るいは座敷の隅を指差した。

「本人に聞いて」

「あぁ？」

首を巡らせた視線の先。侍の格好をした骸骨が、背骨をぴしりと伸ばして正座していた。伊佐吉にむかって深々と頭を下げる。

「お初にお目にかかる。わしが原田新左衛門だ」

伊佐吉の手から盃が落ちて、畳に転がった。


「――うまくいったみたいだね。どうなるかと思ったけど」

襖のむこうでは、ナツがそんなことを呟いていた。

「ああ。本人の『気』を宿した物に触れれば、繋がりは生じる。そこそこ見えやすくなるものだ」

こちらも盃片手に、冬吾はふんと鼻を鳴らした。

「それに、酔えばいっときは現《うつつ》のきまりもしがらみも消えちまうってもの」

この世もあの世も境が見えにくくなるんだよと唄うように言って、ナツはニッと笑った。

「それにしたって、あんた、自分は関係ないとか言っていたのにねぇ」

「何だ」

「ここの手はずを整えてやったり、伊佐吉とあの侍を会わせる算段をしてやってさ、結局、世話をやいてるじゃないか。わざわざ遺品を引き取るために、寺まで出かけていったりね。頼りになる店主だこと」

「それがどうした」

冬吾に睨まれて、「おお、こわ」とナツは袖で口もとを覆《おお》う。その陰で笑った。

「るいのためだろ」

「あの侍の繰《く》り言《ごと》をこれ以上聞かされるのに、うんざりしただけだ」

冬吾がさっきよりも盛大に鼻を鳴らしたところで、傍らの壁からにゅるりと手が出てきた。膳の上の銚子を取り上げようとするのを、ナツがぴしゃりと叩く。

「あんたは駄目だよ」

「ちょっとくらい、いいじゃねえか」

作蔵が哀れっぽい声をあげる。

「あんたが酔っぱらって騒ぎでもしたら、台無しだからね」

店に帰るまで我慢しなと言われて、作蔵はむうとふて腐れた。

さて、隣室でのそんな会話を知るよしもなく。

「ば、ばば、化け物ぉ――!?」

伊佐吉は座ったまま両手を使って、壁際まで後退っていた。真っ青になって、あんぐりと口を開けている。

「幽霊には驚かないって言ったじゃない」

「聞いてねえ、骨だけだなんて聞いてねえ！　どこが幽霊だ、こいつはまるっきり骸骨じゃねえか！」

「骨だけでも、一応、幽霊なんだってば」

「なんと、仇を目の前にしてそうまで怯えるとは。骨のない男よ」

嘆かわしいと新左衛門は首を振る。

「はあぁ？　骨しかない野郎に言われたかねえよ！」

伊佐吉は何度も喘ぐように肩を上下させてから、天井を仰いだ。しばしそのままで、ようやく少しは気が落ち着いたらしい。

そろそろと膳の前まで這って戻ると、えいとばかりに銚子を摑んで中身を一息に呑み干した。

「……あんた、本当に原田なのか」

銚子を置いて手の甲で口もとを拭うと、伊佐吉はなんとも言えない表情で骸骨を見た。

「いかにも」

「そりゃ、化けて出てこいとは言ったがな。なんだってそんななりなんだよ。幽霊ってったらもっとこう、陰気くさくて青白く透けてて、両手がぶらっとしてて、えいくそ、とにかく姿格好は人間じゃねえのか!?」

「透けてはいるぞ」

「ああそうだな、あんたの後ろの襖の柄までよく見えら。そうじゃねえ、どうして骸骨なのか訊いてんだ」

「あのね、原田様は伊佐吉さんに斬られるつもりで」るいは思わず、身を乗り出した。

「骨のままなら刀で斬ることができるけど、幽霊だと斬ってもあまり手応えがなさそうじゃない？　つまりこんななりなのは、伊佐吉さんがちゃんと仇討ちができるようにってことなのよ」

「いらねえよ、そんな気遣い」

伊佐吉は呻《うめ》いた。

「言ったはずだぜ。俺は仇討ちをする気はねえ、あんたが仇だろうが関係ねえってな」

「そちらはそれでよくとも、こちらはそういかぬ」

「なんでだよ。だいたい、あんたが仇ってのは――」

言いかけて、伊佐吉はぐっと言葉を呑み込んだ。しばらく新左衛門を見つめてから、いきなり自分の両の頬をぱんと手ではたくと、胡座をかきなおした。

「ひとまず、あんたの話を聞かせてくれ」

気づけば窓の外には夕暮れの気配が漂っていた。るいは階下から火をもらってきて、行灯を灯《とも》した。

新左衛門が話しはじめたのは、道場主であった自分が藩の剣術指南役に抜擢《ばってき》され、そのために中川源四郎の恨みをかったこと。昨日彼が九十九字屋で語った内容と、さらにその先に起こった出来事であった。

「――いろいろと嫌がらせをされてな。門前に塵芥《ちりあくた》を撒《ま》かれたり、道場の中を荒らされたこともあった。中川殿とその門人の心情は、察してあまりある。係わらずにおこうと考えたが、そのうちわしの弟子が何人も襲われて怪我をする、という事件が起こった」

そうなれば黙っているわけにもいかない。新左衛門は、中川源四郎に話し合いを持ちかけたという。

「堅苦しい場ではなく、店で酒でも呑みながら腹を割って話そうということになった。……後で思えば、それが間違いであったのだろう」

胸に憤懣《ふんまん》を抱えた者が、よい酔い方などできるはずはない。話し合いは端からねじくれて、自分は指南役に就《つ》く気はないが藩が受け入れなかったという新左衛門の言は、中川源四郎の矜持をいっそう傷つけただけだった。新左衛門にしてみても、源四郎の言動は逆恨みでしかない。

酔いが回るにつれ声高《こわだか》に罵《ののし》りはじめた源四郎に見切りをつけ、新左衛門は店を出た。

「だが、帰る途中、暗がりで中川殿の門人に取り囲まれた。中川殿もすぐにわしを追ってきた。卑怯な手を使って上の者に取り入るとは、なんと恥知らずなことよ――と、口々に罵倒《ばとう》されてな、それで」

思わずカッとなって刀を抜き源四郎を切り捨てたと、新左衛門は言った。

「おぬしが中川殿をどう思っているにせよ、このとおり、すまぬことであった」

「違うだろ」

口をへの字に曲げて聞いていた伊佐吉は、新左衛門が頭を下げたのを見て、ぼそりと言葉をこぼした。

「先に刀を抜いたのは、あんたじゃねえ。親父のほうだ」

え、とるいは目を瞬かせた。

新左衛門は顔をあげ、一寸沈黙してから、

「誰がそのようなことを」

「その場にいた門人がそう言ったんだから、確かだ。ところがあいつら、調べに対してはあんたが先だったと口をそろえて証言したらしいな」

伊佐吉は肩をすくめた。

「刀も抜かずに斬り殺されたってのなら、武士の面目を失ったってんで縁者が仇討ちでもしなきゃおさまらねえさ。だが、親父が先に抜いて返り討ちにあったっていうなら、自分で面目を潰したってことだ。端から仇討ちだなんて話にゃ、なりゃしねえ。――なのにあんたは、一言も抗弁せずに逃げだした」

どうしてだと、伊佐吉は顎をしゃくる。

るいも息を詰めて新左衛門を見つめながら、これはもうあたしなんかが口をはさんじゃいけないことだわと思った。張り子の犬の置物にでもなったつもりで、じっと大人しく座っていよう。

「……あの時、わしが酔っていたのも、腹を立てていたのも、本当のことだ。刀を抜かれてとっさに斬ってしまった。剣術においては、殺すことよりも生かすことのほうが難しい。それができなかったのは、おのれの未熟さゆえだ」

ならば何を言っても言い訳でしかない。どちらが先であったかなどたいしたことではなかったと、新左衛門は静かに言い放った。

伊佐吉は彼を凝視していたが、ふいに「あーあ」と気の抜けた声を発した。

「馬鹿だろ、あんた。ああ、馬鹿だ馬鹿だ。これだから武士ってやつはよ」

膳の上にあった芋の煮付けを箸でつまんで、やけくそのように口に放り込んでから、

「そのせいで仇討ちに駆りだされる身にもなってみやがれ」

「なればこそ、何がなんでもおぬしに討たれなければと思ったのだ」

「そう言うわりに、もう死んでるじゃねえか」

「それについては面目ない。しかし、わしは生前のうちに一応、おぬしにこちらの居場所は知らせておいたが」

「……長屋にあったあの文か」ありゃ、あんたが書いたのか」

まさか本人からとは思わねえしと、伊佐吉は唸った。

「だが……そうだな。俺はあの文を受け取った時に、あんたに会いに行けばよかったんだな。もともとあんたは仇として討たれる筋合いじゃねえんだし、俺には仇討ちをする気なぞないってことを、あんたが生きてるうちに、ちゃんと話をして伝えりゃよかったんだ」

そうすれば、あんたはこんなふうに化けて出てくる必要はなかったろうに。俺のためだってのならこちらこそ悪いことをした——と、伊佐吉は真摯《しんし》に言った。

なるほどと、新左衛門はぽんと膝を打った。

「これぞまさしく、無駄骨《むだぼね》というもの」

「……俺は真面目に言ってんだが」

「わしもだ。この顔を見てわからぬか」

髑髏を見てわかるかよと、伊佐吉は盛大にため息をつく。

「まあ、遠慮せずにもっと呑め」

自分の奢りでもないくせに、新左衛門は鷹揚《おうよう》に言うものだ。

「次はおぬしの番だぞ」

「俺の？」

「差し支えなければ、何故武士を捨てて江戸へ来たのか、事情なりと話してはくれぬか」

伊佐吉は落ちていた盃を拾い上げると、銚子から酒を注いだ。そのまま黙《だん》まりをきめこむかと思いきや、

「たいした話じゃねえ。――つきつめりゃ、俺が中川の正妻の子じゃなかったってだけのことだ」

あっさりと軽口を叩くように言った。

「俺は、親父が遊びで女中に手をつけて出来ちまった子なんでね。身籠《みご》ったと知れたとたん、母親は中川の家から暇をだされて、仕方なしに実家に身を寄せて俺を産んだ。そ

の実家ってのが百姓で、だから俺も半分は百姓さ」

正妻に子がなく跡継ぎがいないという理由で、六歳で中川の家に引き取られるまで、自分の父親が誰なのかすら知らなかったと伊佐吉は言った。

「正妻にとっちゃ、当たり前だが面白くはねえわな。それでも自分に子が出来ないからと諦めて、家のためにと堪《こら》えていたんだろうが――」

伊佐吉が中川家に引き取られて二年後、その正妻に子が生まれた。それが待望の男子であったことで、家の中での伊佐吉の立場は微妙なものになった。

「自分が厄介者になったってのは、ガキでもわかるさ。周囲の連中の態度や物言いががらりと変わったからな。正妻は露骨に俺を邪魔にするし、親父はそれを見ても知らんぷりだ。俺はどっちかというと、正妻よりも親父のほうに腹が立った。それこそ、藩の剣術指南役だなんだで偉そうにしちゃいるが、男として心底、みっともねえ野郎だってな」

「なんとも勝手な話だ」

新左衛門は呟き、るいは張り子の犬の立場を忘れてひどいひどいと憤った。

「それでも俺が剣の才覚でもありゃ違ったんだろうが、門人たちと一緒に稽古《けいこ》をしてみても、せいぜいが凡人て程度でね。こればかりは仕方がねえ。おかげで、他の連中には百姓は鍬《くわ》でも握ってろってさんざっぱら馬鹿にされたよ」

もちろん、伊佐吉の母方の実家を揶揄《やゆ》したものである。

しかし嫌気がさして中川の家を出たいと思っても、母親はすでに他家に嫁いで実家におらず、彼に戻る場所はなかった。

「そうなりゃ開き直るしかねえや。もともと俺は勝手に連れてこられただけだ。そっちがその気なら、こっちはせいぜい立派な穀潰《ごくつぶ》しの恥さらし者になってやるから、放りだしたきゃやってみやがれってな」

そのとおり、伊佐吉は十代の半ばを過ぎる頃には悪い仲間とつるんで放蕩《ほうとう》を繰り返し、家の者たちからますます白い目で見られるようになったとのこと。

「そんなわけで、親父が死んで仇討ちって話になった時に」

わかるだろと、伊佐吉は盃の酒を舐めながら、変わらず軽い口調で言った。

「俺にお鉢《はち》が回ってきた。表向きは、弟はまだ元服《げんぷく》してねえって理由だったが、まあ体《てい》のいい厄介払いさ」

武士の面目。身内を、師を殺された恨み。それゆえの仇討ちである。だが。

――身内の連中にしたところで、俺が見事に仇を討ち果たすなんてことは望んじゃいねえさ。そのまま消えてくれ、帰ってこられちゃ困るってのが、本当のとこだろう。

中川の家の者たちの、確かにそれは本心だったのだ。

(ひどいわ)

るいは拳を握った。どうにも気持ちがおさまらず、話に出てきた身内の面々に心の中で悪態をついていると、伊佐吉がにやりとした。

「けどまあ、俺にとっちゃ悪い話じゃなかった」

親戚連中の中でただ一人、どういうわけか子供の頃から伊佐吉を可愛がってくれていた者がいた。源四郎の末の弟、つまり叔父にあたるその人は、あちこち回って過分なほどの路銀を工面《くめん》し、それを伊佐吉に渡して言った。

――おまえが仇討ちに出ることと引き替えに、家督は引き継がれることになっている。中川の家名が消えることもない。それで十分な話だ。

――だからこれを機に、おまえはもう中川の家とは縁を切れ。好きなところへ行って、好きなように生きろ。そのほうがおまえにとっては、きっとよい。

「それで、江戸へ来たのだな」

新左衛門が言い、伊佐吉は「おうよ」と自分の二の腕を叩いてみせた。

「武家はもう真っ平ってんで、叔父から貰った路銀を元手に物売りをはじめた。塩売りにはじまって灰だの苗木《なえぎ》だのといろいろ売り歩いていたんだが、そのうち世話をしてくれる人に恵まれて、今じゃこうして油売りを生業《なりわい》にしているってわけだ」

「そうか」

「だからな。——原田さん」

伊佐吉は新左衛門に、ニッと歯を見せて笑った。

「本音を言っちまえば、俺は恨みどころかむしろ、あんたに感謝しているくらいだよ」

新左衛門は何かを言わんと口を開いたが、ふと躊躇《ためら》う素振りを見せた。そうして「そうか」とまた呟くように言うと、うなずいた。

「では、わしらの間に遺恨《いこん》はないのだな」

「ねえな」

「よしわかった。ならば」と、新左衛門はずいっと膝を前に進めた。「人助けと思うて、わしを斬れ。ささ、今この場で遠慮なく」

伊佐吉は呆れたように彼を見た。

「恨みはねえって言ってんのに、なんで俺があんたを斬らなきゃならねえんだ。なんだよ、人助けってのは……？」

そろそろ口をはさんでもいいかしらと、るいは思う。そういえば、肝心なことを伊佐吉さんに伝えてなかったっけ。

「伊佐吉さんに斬ってもらわないと、原田様はいつまでもこのまま成仏できないのですって。それが原田様がこの世に残してしまった未練だから」

そういうことかと、伊佐吉は唸った。

「けどなあ、斬るったって刀がねえよ。ほら、俺のはとうに売っちまったから」

「刀ならあるわよ」

冬吾様、とるいが隣室に声をかけると、襖が開いた。あらわれた冬吾は、驚く伊佐吉の傍らに膝を揃えて座ると、持っていた刀袋を彼の前に押し出すように置いた。

「これを使え。持ち主の了承ずみだ」

「あ、あんたは誰だい」

「その人は、九十九字屋の店主の冬吾様」

「店主だって……？」

なんでそんなお人がここにと伊佐吉はぽかんとしたが、ともかくと目の前の刀袋に目をやった。

「こいつは？」

「原田さんの遺品だ。今朝、寺へ行って引き取ってきた」

伊佐吉が首を巡らせると、新左衛門は深々と彼にうなずいてみせた。

「ああ、それと」冬吾は懐から紙に包んだものを取りだし、刀袋に上に重ねた。「あらためてこれは今回の迷惑料だ」

「それならもう、もらってるぜ」

「実は、先に渡したのは金ではない。刀と一緒に寺に預けてあった、原田さんの遺髪の一部だ。嘘をついて悪かったが、見えぬ相手を見るための呪《まじな》いとでも思ってもらえれば」

遺髪と聞いて伊佐吉はぎょっとしたように、最初に受け取った包みを懐から引っぱりだした。中にあった髪の一房を見るや、わっと叫んで新左衛門めがけて投げつけた。

「こら、放り投げるでない。わしの髪なのだからもっと丁重に扱わぬか」

「だって気味が悪《わり》ぃもんよ、死人の髪の毛なんざ。――おい、そいつは返したのに、なんでまだあんたが見えてんだ!?」

「わしとおぬしとの間には、もう縁ができたということだ」

新左衛門のすました答えに、伊佐吉は肩をすくめた。

「縁か。……くそ、仕方ねえか、そういうことなら」

伊佐吉は立ち上がった。刀袋を摑んで、その紐を解く。刀を手にして、「久しぶりだ」と呟いた。

「江戸へ来て、もう二度と刀を握ることはねえと思ってたんだがな。狭い部屋の中じゃ上段から袈裟《けさ》懸《が》けにばっさりってわけにゃいかないが、かまわねえかい?」

「かまわぬよ」

新左衛門も伊佐吉と向かい合って立つ。冬吾とるいが隣室へ距離をとったのを見届けて、伊佐吉は刀をかまえた。

すらりと背筋の伸びたその立ち姿を見て、やっぱりこの人は侍なんだとるいは思った。たとえ油売りの格好でも、口調はさばけた町人であっても、本人は武士を捨てたと言い張っていても。

「原田新左衛門殿。いざ、お覚悟!」

気合いとともに、行灯の火にきらめく刃が、新左衛門めがけて一閃《いっせん》した。

六

そうして、あくる日のことである。

「……やっとのことで伊佐吉さんに斬られたってのに、なんだってまだここにいるんですか⁉」

九十九字屋の座敷にすまして座っている骸骨に、るいは呆れて言った。

昨日、伊佐吉の手で望みどおりに討たれて、新左衛門は煙が薄れるようにその場から消えた。ああ原田様はこれでやっと成仏できたんだと、るいはほっとしたのが半分、あとの半分は少しばかり寂しくもあった。ついでに、突如響いた伊佐吉の裂帛《れっぱく》の気合いに女将や宿の者たちが腰を抜かすほど仰天《ぎょうてん》したものだから、芝居の稽古をしていたのだと懸命に誤魔化《ごまか》すというオチまでついた。

ところが。

今朝のうちにふたたび寺に赴《おもむ》いた冬吾が、戻ってきた時にはどういうわけか消えたはずの新左衛門と一緒にいた。聞けば、刀と遺髪をもう一度寺の住職に預けて今度は供養を頼んだ後、さて帰ろうとしたら新左衛門が何事もなかったように、門の前で冬吾を待っていたのだという。

で、その冬吾は出かけたら疲れたと言って、新左衛門をるいに押しつけて、さっさと自分の部屋へ行ってしまったという次第。

(そういえば原田様は、普段は寺にいると言ってたっけ。位牌もあるし)

とすると成仏したと見せかけて、本当は寺に戻っただけだったのかしら。でも、どうしてそんなことを?

「おいおい、まだ何か未練があって成仏できねえってんじゃねえだろうな」

壁から顔を出した作蔵が、うんざりしたように言う。いやいやと、骸骨は手を打ち振った。

「その心配はない。わしはもはや、この世には一点の未練もなく清々《すがすが》しい心持ちにて、成仏しようと思えばすぐにでも彼岸《ひがん》に渡ることができる」

だったらどうしてと首をかしげる父娘に、新左衛門はあっさりと言った。

「まだやり残したことがあったのを、思いだしてな」

「やり残したこと？」

「おのれの遺品を供養してもらうのだ。本人が立ち会わぬのも悪いかと」

「死んだ後にそこを気にする人はいないと思います」

まあ百歩譲ってと、るいはため息をついた。

「遺品の供養がすんだのなら、ここにいるのはどういうわけですか？」

「うむ。大事なことを忘れておった」

「それは――」

「おぬしらに言わねばならぬことがある」

その口調が思いがけず真摯なものであったので、るいはハッとする。

新左衛門はぴしりと居住まいを正した。膝の上に両手を揃えて置き、深々と、父娘に頭を下げた。

「作蔵殿。るい殿。此度《こたび》のこと、心から礼を言う。るい殿に出会うことなくば、わしはいまだ為す術もなく、暗澹《あんたん》とこの世を彷徨いつづけていたであろう。おぬしらから受けた恩は、あの世に行ってもけして忘れはせぬ。わしにとって、まこと心強い助太刀であった」

店の表まで新左衛門を送り出すと、るいは路地を遠ざかってゆく彼を見送った。初冬の明るい陽射しの下、笠を被り腰に大小を差した侍の後ろ姿は、まるで晴れやかな旅路を行くかのよう。

「お気をつけて」

やがて堀端の通りに入る手前で新左衛門の姿が薄れて消えるのを見届けて、るいはそっと呟いた。

「――やっと成仏したか」

その声に振り返ると、二階の部屋にいたはずの冬吾が立っていた。

「冬吾様」

るいは彼に向きなおると、ぺこりと頭を下げた。

「ありがとうございました」

何がと、店主の返事は素《そ》っ気《け》ない。

「いろいろと手を貸してくださって。あたしだけだったら、原田様を成仏させることなんてきっと無理だったと思います」

新左衛門と伊佐吉を対面させるために本人の遺髪を使うなどという知識は、るいにはなかった。伊佐吉が新左衛門の話にきちんと耳を傾け、そうしておのれの事情を詳《つまび》らかに語ったのも、ああして互いに向きあうことができたからだろう。るいが間に入って言葉を伝えるだけでは、うまくはいかなかったかもしれない。

ふんと冬吾は鼻を鳴らした。

「犬猫の子でもあるまいし、なんでもかんでも拾ってくるな。どうせなら金になるやつを連れてこい。……まったく、酒代やら心付けやら供養代やら、余分な油代までこっちもちだ」

「す、すみません」

るいはしゅんとした。

「筧屋も、昨日は二階にお客さんを入れられませんでしたしね」

「それはかまわん。旅籠の主は私なのだから、どうしようと勝手だ」

冬吾は不機嫌な声で言い捨てた。

「骸骨なぞにいつまでもうろうろされていては迷惑だから、口出しをしただけだ。なにもおまえには無理だと考えて、手を貸したわけではない。そもそもおまえでなければ解決しなかったから、あの男も助太刀を感謝したんだ」

踵を返した冬吾を、るいはきょとんとして見た。

(ものすごくわかりにくかったけど……)

今の言葉はひょっとすると。いや、間違いなく。

遠回しに労《ねぎら》ってくれたのだと気がついて、るいは笑顔でもう一度、冬吾に頭を下げた。


その夜。

「冷えてきたね。あたしもいいかい」

店を閉めてから冬吾が一人で燗酒を呑んでいると、ナツが部屋に入ってきた。返事も待たずに火鉢のそばに座って、熱くしたちろりから勝手に盃に酒を注いだ。

「なんだかおかしな騒ぎだったねえ」

クスクスと笑って盃を干す。そうして、紅が光る唇を舌先で舐めると、「それで?」とナツは訊ねた。

「本当の話は聞いたのかい」

「ああ」

冬吾は手もとの盃に視線を落とした。

その本当の話をするために、原田新左衛門は寺で彼を待っていたのだ。

「やはり、気がついていたか」

「そりゃね。あの男の言っていることは、少しばかり不自然だったもの。るいも伊佐吉も、まあ作蔵にしたって、けろりと騙《だま》されたみたいだけどさ」

お武家の内情なんてわからないけどと言いながら、ナツはまた自分の盃に酒を満たす。

「本人の意向も無視して町道場の主をいきなり藩の剣術指南役に取り立てるって話だったんだろ？　しかもそれだけ腕を見込んだ相手が刃傷沙汰を起こしたとたん、きちんと調べもせずに咎人《とがにん》扱いだ。殺された相手の身内にあっさりと仇討免状をくれてやるってのだから、それだけでも妙じゃないか」

しかも新左衛門は、その場から逃げて藩を出た。まるで、弁解など無駄だと言わんばかりに。

「あの男、伊佐吉に斬られたかったのは本心だったろうけど、斬られなきゃ成仏できないってのは本当だったのかねえ」

「さあな」

自分も事細かに聞いたわけではないがと、冬吾は前置きした。

「剣術指南役の座をめぐる争いも、その果ての仇討ちも、全部があの男がいた藩が仕組んだことだったそうだ」

「なんだい、それは。大仰《おおぎょう》な」

「原田新左衛門は」冬吾は盃に目を落としたまま。「藩から命を狙われていた」

事の発端《ほったん》は、勘定方《かんじょうがた》に勤める新左衛門の古い友人が、藩の帳簿に不正な金の出入を見つけたことだった。悩んだ末にそのことを新左衛門に打ち明けたのは、同僚には言えぬが藩政とは無縁の立場の町道場の主ならば、万が一にも影響はないと考えてのことだったろう。幼なじみの気安さもあったか。

ところが数日後、友人はみずから命を絶った。理由は知らされぬまま、ゆえに新左衛門は疑念を抱いた。本当にそれは自死であったのか、と。

――不正を知ったがゆえに殺されたのではないか。

新左衛門が真相を探るすべを模索するうち、藩の要職にある人物から呼び出しがかかった。仮に島崎《しまざき》という名にしておくが、新左衛門はその島崎 某《なにがし》から、死んだ男と親しい間柄であったなら何か聞いておらぬかと問われた。

あの勘定方はどうもおかしな死に方をした、実は名は明らかにできぬがあの男の上役に不正の疑いがある云々《うんぬん》とまことしやかに告げられて、新左衛門は友から聞いたことを語った。島崎は我欲に走らず公明正大なる人柄と世間に評されており、新左衛門の目にも藩のためを一途《いちず》に思う人物と映ったからである。

剣術指南役に取り立てるという、新左衛門にとって寝耳に水の下命があったのは、それからすぐのことだった。

「どういうことだい？」と、ナツは眉をひそめた。

「早い話が、不正は藩ぐるみでおこなわれていたものだった。勘定方の上役どころか、その上の上までが係わっていたという、大掛かりな話だ。島崎某が原田を呼び出したのは、死んだ男が彼と接触したことを知っていて、何をどこまで話したかを確認するためだったのだろう」

「ひとつの藩で悪だくみをしていたってのかい。怖いねえ」

もちろん新左衛門とて、友の死とご下命が裏で繋がっているなどとは、よもや思いもしていなかった。はめられたと気づいたのは、中川源四郎と不味い酒を呑んだ後に門人たちに囲まれて、「卑怯な手を使った、上の者に取り入った」と、さんざん罵られた時である。

彼らは、島崎の名を口にした。――新左衛門が指南役の座を得るために方々に手を回して中川源四郎の悪口を触れ回り、一方で藩の要人たちに賄賂《わいろ》を贈って取り入ろうとしている。はなはだ悪辣《あくらつ》であるから気をつけるようにと、島崎が内密に伝えてきたというのだ。

島崎に唆《そそのか》されて、真に受けた源四郎と門人たちは激高《げっこう》し、新左衛門に刃を向けた。

あとのことは新左衛門が昨日、伊佐吉に語ったとおりだ。

中川源四郎を煽《あお》って諍《いさか》いを仕立て上げ、新左衛門が斬られればそれでよし。たとえ源四郎の側が斬られても、それならばいかようにも咎めて新左衛門を処分する口実になる。

すべては自分たちの不正を知る者の口を封じるため。まさか、そうと察した新左衛門が逃げてそのまま行方をくらませるとは、仕組んだ者たちも予想外であったに違いない。

「じゃあ、その中川って男はとばっちりかい？」

相変わらず、ナツは眉間《みけん》に皺《しわ》を寄せている。

「何も知らずに利用されたのだろうと、原田は言っていた。まあ、勝手な憶測だが、伊佐吉の話では中川源四郎という男が人格者であったとはとても思えんのでな」

藩にとってはこれもまた、切り捨てて惜しい人間ではなかったということか。

「武家ってのは、非情なもんだね」

ただ仇討ちについては、中川の身内への藩の温情であったのだろう——と、新左衛門は言った。仮にも剣術指南役が斬られたでは、武家の面目が立たない。しかし中川の家名を継承させぬというのも、さすがにしのびない。策をめぐらせた者たちにも、それくらいの罪悪感はあったとみえる。

仇を討つということなら、体裁は整うであろう。少なくともそれを温情と、彼らは考えた。

——何がなんでもわしを殺すためのことではない。行方の知れぬ者を執拗《しつよう》に追うほどの余裕は、藩にはない。むろん、わしが討たれるにこしたことはないが、免状を出した者たちもそこまで期待はしていなかったであろう。

新左衛門は、冬吾にそう言った。

——だがな。わしは中川源四郎を殺した。あの男は、わしのせいで死んだ。

——わしを亡き者にしようとした者たちによって利用されたのだ。つまりはわしの巻き添えだ。その償《つぐな》いはせねばならぬ。

「だからあんなに、仇討ちにこだわっていたのかね」

ナツは盃に口をつけ、おや冷めちまったと呟いた。

「せめて伊佐吉は巻き込みたくなかったそうだ」

——わしが斬られることで故郷に帰ることができるのなら、一日でも早く伊佐之介に仇討ちを成就させてやりたかったのだ。

「ところがその本人が、国元と縁を切って、とっとと侍に見切りをつけていたってんだから」

「まあな。それならそれでよかったと、原田は笑っていたが」

あたしにはよくわからないと、ナツは首をかしげる。

「そもそも悪いのは、不正をした奴らじゃないのかい？　それを恨むって話になりそうなものだけど」

「そのことなら、私も訊いた」冬吾は低い声で応じた。「たとえば島崎某だ。自分を裏切った人間を恨んでいないのかとな」

腹立たしくはあったが恨んではいないというのが、新左衛門の返事だった。

——今でもわしは、自分の見立てに間違いはなかったと思っている。あの男は我欲のない、藩のためを一途に考える人間だ。

——だからこそ、藩のためならどれほどにも非情になることができるのだ。

七日市藩は、たかだか一万石の小藩である。初代藩主は加賀前田家《かがまえだ》の五男、藩主が九代目を数える今も前田家を宗家《そうけ》とする。小藩ゆえに財政が困窮することもしばしば、その都度、加賀藩から多大な援助を受けていた。つまり、万事において宗家に気兼ねし、頭があがらないというのが実情だ。

不正に動いた金は、出所《でどころ》も用途も知れぬものだった。しかも藩ぐるみで係わっていることだとすれば。

——わしごとき藩政とは無縁の者には推《お》し量《はか》ることしかできぬが、もしかするとその金は、藩が万が一のために蓄《たくわ》えていた資金ではなかったか。

そしてその金は、加賀の宗家には知られたくないものだったのではないか。

——重臣の中には、加賀藩由来のいわば見張り役のような者もいるというからな。もしも隠し金のことが市井に漏れ、人々の口の端《は》にのぼることにでもなれば、大事となる。

わしの一件は、それを怖れての口封じであったろうと思うのだ。

なにも加賀百万石に刃向かうための支度金というような、物騒《ぶっそう》な話ではない。常に宗家の言いなりである小藩の、意地の金であるのだろう。たとえ出所が後ろ暗い、おおっぴらにできぬものであったとしても、誰かが私腹を肥やすための金ではない。とすればこれは、不正とすら呼べぬかもしれない。

どれもこれも推察だ。しかし大きく外してはいないだろうと、新左衛門は言った。

――藩邸が火事で焼けてもそれを建て直す金にすら事欠《ことか》くような、小さな藩なのだ。懸命に蓄《たくわ》えたとしても、けして財政を潤《うるお》すほどの額にはなるまい。それでも、その金がわずかなりとも宗家に対する藩の矜持だというのなら。

――一体誰を、何を恨めばよいのか、わしにはわからぬよ。

「今さら伊佐吉が知ってどうなる話でもない。知る必要もない。だから言わなかったと、原田は言っていた。……それから、るいにも黙っていてほしいと」

――るい殿はよい娘だ。他人のためにこれほど一生懸命になれる、性根の明るい優しい娘に、人の世の澱《おり》のような話は聞かせたくはない。

「死者と係わっちまってる時点で、恨み節には慣れていると思うけどね」

でもまあ気持ちはわかるよと、ナツは微笑《ほほえ》んだ。

冬吾はちろりに手を伸ばし、ナツと自分の両方の盃に酒を注いだ。

「おまえには伝えてくれと言われた」

「あたしに？　どうしてサ」

「あの世まで一人で持っていきたいことだとしても、この仇討ちにひとつでも嘘や黙りがあっては伊佐吉が気の毒だ、筋を通せと——おまえがそう言ったからだろう」

結局、伊佐吉にすべてを話すことはできなかった。嘘も黙りもあったことを打ち明けることで、新左衛門はせめて筋だけは通そうとしたのだ。

「馬鹿だねぇ」ナツはぽつりと言った。「まあ、そういうのは嫌いじゃないよ」

「骨の髄までもののふとでも、言っておくか」

「骸骨なんて、そこくらいしか褒める部分がないからねえ」

火鉢の上の酒はもう残り少ない。神無月《かんなづき》の夜はしんと静かに冷えて、時おり吹く風にからからと転がる朽《く》ち葉《ば》のかすかな音までが聞こえてくるようだった。

第三話

一人法師《ひとりぼうし》

夕暮れ時であった。

少女はしゃがみ込んで、手にした小石で黙々と地面に絵を描いていた。

一緒にいたはずのねえやは、どこへ行ったか姿が見えない。いつもそうだ。気がつけば少女は一人で取り残されている。子守を怠けたところで、おとなしくて聞き分けのよい少女が親に告げ口などしないことを、ねえやは知っているのだ。

そこは、少女の家の裏手を通る狭い路地だった。そろそろ仕事終《じま》いのこの時刻、表の大通りには家路を急ぐ者や、これから盛り場へ繰り出す人々の喧噪《けんそう》があった。お店のほうからも夕餉《ゆうげ》の支度をする物音、住み込みの奉公人たちの賑《にぎ》やかな話し声や笑い声が聞こえてくる。店の主人の幼い娘が家の中にいないことなど、誰も気にかけてはいないのだろう。

ざわざわ、ざわざわ。

ひとけのない路地に、遠くの音や気配や声だけが、細波《さざなみ》のごとく寄せてくる。

ふと、何を感じ取ったのか、少女は顔をあげた。小石を置いて立ち上がると、きょろきょろと周囲を見回した。

夕焼けが、路地裏を燃えるような紅《くれない》に染めていた。赤い、赤い。空にたなびく雲も、そばの塀も、地面も。樹木も、草も。少女のふっくらとした頰までが、赤々と色づいている。

低く傾いた夕陽に照らされて、少女の足もとから黒い影が伸びていた。ふいにそれがゆらりと動いたので、少女は目を丸くする。影は見る間にするすると地を這うように長く、さらに長く、二間ばかりも先まで伸びたかと思うと、むくりと起き上がった。

赤い光が満ちた路地に佇《たたず》んで、少女はそこにあらわれた人影を見つめた。人間の輪郭をしているというだけで、焦《こ》げた棒のように真っ黒だ。顔かたちもわからない。男か女かもわからない。もとは少女の影であったものを無理に引き伸ばしたせいか、その姿は妙にひょろりとして見えた。

不思議と怖くはなかった。それよりも、なぜだかその人影が寂しげに思えたので、少女は思いきって声をかけた。

「あんた、一人なの？　ひとりぼっちなの？」

黒い人影は答えない。じっと無言のままで、もしかしたら口などないのかもしれない。

少女はそっと一歩、人影にむかって踏みだした。庭に入ってきた野良猫にご飯をあげる時のように、驚かさないようにそうっと。相手が動かないのを確かめて、さらに一歩、二歩。そうして足を速めてその前に立つと、うんと首を反らせ真っ黒いのっぺらぼうみたいな顔を見上げた。

「だったら、あたしがお話をしてあげる。あたしが、あんたの友達になったげる。ね、一緒にお手玉して遊ぼう？」

それならもう寂しくないよと言うと、人影はかすかに揺れて、うなずいたようだった――。

一

初霜の降りたその日、九十九字屋にやって来た客は日立屋《ひたちや》修兵衛《しゅうべえ》と名乗った。馬喰《ばくろ》町《ちょう》で薬種屋《やくしゅや》を営んでいるという。

年齢は、四十を幾つかこえたくらいか。色黒で、目がぎょろりと大きい。身体つきはずっしりと四角ばっている。太っているというのではなく、見た目にごつごつと硬そうなのだ。

なんだか神社の狛犬《こまいぬ》に似ているわと、客人にお茶をだしながら、るいは思った。

「実は、辰巳《たつみ》神社のご神職《しんしょく》からこちらのご店主のことをうかがいまして。九十九字屋さんでは、その、いわゆるあやかしというモノに係わる問題を解決してくださるとか」

居住まいを正して修兵衛がそう告げたとたん、

「佐々木《ささき》周音《あまね》ですか」

冬吾のまとう空気が、ぴりっと張りつめた。いつもは客を前にしても、大きな眼鏡に隠れて何を考えているのかさっぱり表情が読めないのに、犬猿の仲の兄のこととなると見事にわかりやすい。

無論、あの兄とこの弟の事情など余人が知る由もなく――それどころか、その口ぶりでは冬吾と周音が兄弟であることさえどうやら知らぬ様子で、修兵衛はうなずいた。

「うちの番頭の実家が猿江町《さるえちょう》にございまして、辰巳神社のご神職ならば手前どもの話も聞いてくださるのではないかということになりましてね。先日、相談にあがったのです。店のほうにも一度、来ていただきました」

低いがよく響く声で言う。話し方までずっしりとした男だ。

「ほう。周音は何と」

「それが、この件は自分ではどうにもならないと仰《おつしや》って、代わりにとこちらを紹介してくださったのです。ご神職の名を出せば、必ず引き受けてもらえるはずだからと」

北六間堀町《きたろつけんぼりまち》にある九十九字屋の主人なら、この件も収めることができるだろう。世の中の『不思議』を商品として扱う店であるから、あやかしの扱いにも慣れている。腕の立つ男なので安心してまかせるように——と、周音は修兵衛に言ったらしい。

褒《ほ》めているように聞こえるが、何のことはない、自分の手に余る事態を冬吾に押しつけたということだ。

（周音様ったら）

新手の意地悪かしらと胸の内でため息をついてから、るいはあれと首をかしげた。

（周音様でもどうにもならないって、どういうこと？）

以前に冬吾が言っていたことがある。

——周音は本物だ。

——少なくともあやかしに係わる者としてはちゃんとした力を持っている。

だからたちが悪いのだ、と。

周音はあやかしに対して容赦《ようしゃ》がない。気配なりと気づいた瞬間には、人に害するモノと決めつけて祓《はら》いにかかる。作蔵も一度危うく祓われそうになったことがあって、いくらぬりかべだからってうちのお父っつぁんに何てことするのよと、るいはぷりぷりと腹を立てたものだ。

要するに、あやかしに対する接し方は正反対であっても、周音には冬吾も認めるだけの力があるということなのだ。それこそ、情状酌量の余地もなく相手を消し去ってしまえるほどの。

それなのに。

(ひょっとして今度のあやかしは、周音様でも歯が立たないくらい怖ろしくて強い相手だってことなんじゃ……)

なんだか不安になって、るいは冬吾に目をやった。……とたん、あやかしよりももっと怖いものを見た気がして、背筋が冷えた。

「なるほど」

冬吾はにっこりと、この上なく愛想の良い笑みをたたえていた。

「あの男がそう言っていたのでしたら、お断りするわけにはいきませんね」

客人にはわかろうはずもないが、これは「断って、逃げたと周音に思われるのは我慢ならない」の意味である。

(うわあ、怒ってる。冬吾様、ものすごく怒ってる)

なのに笑っているから、とてつもなく怖い。

「では、引き受けていただけるので」

修兵衛の目がぎょろっと動いた。どうやらほっとしたらしい。

ええ、と冬吾はうなずく。

「まずはお話をうかがいましょう」


日立屋は、主人の修兵衛で五代目になる。ありがたいことに先代、先々代からの得意客も多く、働き者の奉公人たちにも恵まれて、商いのほうはまずまず順調と言えた。

難を言えば、修兵衛はこの歳まで独り身であった。老舗《しにせ》の主人であるから当然、若い頃から跡継ぎをもうけるためにも早く嫁をもらえと周囲からせっつかれていたのだが、幾つ縁談が持ち込まれても、どういうわけか話がまとまらなかった。

「手前はこのとおり、見栄えのする優男《やさおとこ》とは程遠い見てくれでございますから。子供の頃から顔がいかつくて怖いだの、可愛げがないだのと言われておりました。そのうえ口も不調法で、気の利いたことも言えませんで」

他人を評するかのように淡々と修兵衛が話すのを聞いて、そんなに卑下《ひげ》するほどじゃないわと、るいは思った。そりゃ狛犬みたいだけど、大方の狛犬がそうであるように修兵衛は醜いとか賤《いや》しい面構えではけしてない。

（いかついんだったら、うちのお父っつぁんだっておっつかっつだわよ。それに口下手だって、お父っつぁんみたいにやたら騒々《そうぞう》しいよりずっといいわ）

もやもやとそんなことを思っているるいだが、修兵衛が「しかし縁とは不思議なもので、ここへきてようやく手前も妻《めと》を娶ることができました」とつづけたので、目を丸くした。

修兵衛自身は、こうなったら店はいずれ親戚の子にでも継がせればよいと、いよいよ腹を括っていたらしい。ところが、今年になってなんと縁談がまとまり、半年前に祝言《しゅうげん》をあげたという。

「それは、おめでとうございます」

るいは思わず言った。奉公人が口をはさむことではないだろうが、もやもやしていたぶん、ああよかったと心から思えて出た言葉だ。

修兵衛は大きな目をるいに向けて、うなずくように小さく頭を下げた。

「皆様、そう言ってくださいました。――めでたいことだ、これで店の将来も安泰だと」

取引先や店の客、奉公人に至るまで自分のことを気にかけ、喜んでくれたのがしみじみありがたかったと言ってから、修兵衛は口を閉ざした。

奇妙な間があった。

しかし一呼吸の後に何かを振り払うように頭を振ると、修兵衛はふたたび冬吾に顔を向けた。

「実を申しますと日立屋はもう十日ばかり、店を閉めております。どうしてもと言われるお客様にだけは薬を売らせていただいていますが、奉公人たちにも今はほとんど暇をだしたような有様で」

そう、修兵衛が今ここにいるのは、祝い事の晴れがましさや人々の浮き立つ気分に冷や水を浴びせるようなことがあったからだ。これで安泰と言われた店の将来に翳《かげ》りがさすような、何か不可解なことが起こったのだ。

「何があったのです？」

冬吾が先を促す。

「人の姿をした……いえ、真っ黒で顔も何もわかりゃしませんから、人のかたちをした影のようなものとでも言いますか。それが度々、家の中にあらわれるのです」

「人のかたちをした影のような？」

それでは実体はないのかと問うと、修兵衛は怪訝《けげん》な顔をした。触れることのできる相手なのかと冬吾が聞き直すと、ようやく合点したように、

「うちの手代が一度、力ずくでそれを捕まえようとして、逆に襲われましてね。本人が後で青くなって震えながら言うには、摑みかかられて、とんでもない力で突き倒されたとか」

気の毒な手代は、翌日から寝込んでしまったという。つまり、影のように見えても実体のある相手だということだ。

「声は発しますか。人の言葉を話すのか、それとも獣のように鳴くか吼《ほ》えるかするのかという意味ですが」

いいえと、修兵衛は首を振る。

「声を聞いたという者はおりませんな。そもそも口があるのかどうか」

「それが姿を見せるようになったのは、いつからですか」

「最初に店の者が見たと言いだしたのが、かれこれ三ヶ月ほど前のことです。頻繁《ひんぱん》にあらわれるようになったのは、このひと月と少し前からのことでございますが」

最初に影を目撃したのは、店に入ったばかりの幼い丁稚《でっち》だった。夜更けに尿意を我慢できずに厠《かわや》へ行って、部屋に戻る途中の廊下で黒い人影に出くわした。金切り声に家中の者が目を覚まし、駆けつけてみると丁稚はお化けが出たと腰を抜かして大泣きしていた。

しかしその時は、誰も真面目に取りあわなかった。どうせ寝ぼけていたのだろう。さもなくば一人で怖々と厠へ行ったものだから、お化けなど見た気になったのだ。闇夜のカラスでもあるまいし、夜の暗い廊下で黒い影など見えるものか。

「今ならばわかります。――あれは、夜の闇の中でもいるとはっきりとわかるのです」

あれ、というなら、修兵衛自身も見たということだ。

次に人影を見たのは、女中の一人だった。井戸で水を汲んで勝手口から台所に入ると、外の明るい陽射しと家の中の暗さの差に目が慣れず、何度か瞬《まばた》きをしてから気がついた。板の間に黒い影のようなものが佇んでいる。左右にゆらりゆらりと揺れている、人のかたちをした人ではないもの。女中は水の入った桶《おけ》を取り落とし、悲鳴をあげた。

この一件も、他の者たちからは一笑に付された。駆けつけた時には黒い人影などどこにもなく、暑い盛りであったから大方陽射しにやられて頭がぼうっとしていたのだろう、見間違いだということになった。

だが。

やがて黒い人影は頻々《ひんぴん》と、目撃されるようになった。家の中のみならず、庭や蔵の中、果ては表の店にまであらわれた。昼と言わず、夜と言わず。昼の陽射しの下ではもちろんのこと、夜には行灯《あんどん》の灯る部屋の薄暗い隅や、掲げた手燭《てしょく》が照らした廊下の突き当たり、仄《ほの》かな月夜の庭の樹のそばなどに、それは闇の色よりもくっきりと濃く佇んでいた。

見えるだけではない。暗がりでいきなり髷《まげ》や袖を摑まれた者もいた。目の前にあらわれた人影を見て失神する者、慌《あわ》てふためいて転倒し怪我をする者が相次いだ。手代の一人が果敢に挑んで寝込む羽目になったのも、その頃のことだ。

気のせいだ、見間違いだと笑う者はもはやいなかった。女中や丁稚たちは怯《おび》えて何をするにもひとかたまりになっており、店で働いている手代や番頭までもが気もそぞろで仕事が手につかなくなった。

「そうなるともう、商いどころではございません。お客様の中にも、黒い人影を見たという方が何人もいらっしゃいまして、世間に祟《たた》りだの手前が誰かの恨みを買ったせいだのと噂が流れれば、当然、客足も遠のく一方で」

ついに修兵衛はこの騒ぎがおさまるまで、いっとき店を閉める決心をした。

奉公人たちにはしばらく暮らせるだけの金を渡して、実家に帰した。どうしても店を辞めたいという者、帰る先のない者には他の奉公先を紹介してやった。皆、逃げ去るように店を離れていったが、むしろこれまでよく我慢していたと言うべきだろう。

そういうわけで今、日立屋に残っているのは主人の修兵衛とおかみのかよ乃、忠義者の番頭、かよ乃が実家から連れてきた年老いた女中だけだという。

「確かに、お困りのようだ」

冬吾はうなずいたが、日立屋の状況は困るを通り越して、聞くだに切羽詰《せっぱつ》まっている。

「手前の代で日立屋を潰すわけにはまいりません」

修兵衛は肩を落とすと、呻《うめ》くように言った。

「そのようなことになれば、手前は先代に顔向けができません。四代目である父はすでに鬼籍《きせき》に入っておりますが、手前のようなけして出来もよくない息子に、よろしく頼むと言って店をまかせてくれたのです。何より、手前の店の薬がよいと長年贔屓《ひいき》にしてくださっていたお客様にも、この有様では申し訳が立たぬことです」

日立屋の主人は、いかつい身体を小さくして冬吾に頭をさげた。

「どうか、あの黒い影をどうにかしていただけませんでしょうか。あのようなあやかしを店に招き入れることになったのは、手前が至らぬせいでございましょう。お恥ずかしいことですが、九十九字屋さんにはぜひとも力をお借りしたく、ひとえにお願いいたします」

二

翌日。

「冬吾様。本当にこのお仕事を引き受けるんですか?」

日立屋のある馬喰町へと、冬吾のお供をして歩きながらるいは訊ねた。

「悪いか？」

「だって、周音様でも手に負えない相手ですよ。とんでもなく危険な化け物かもしれないじゃないですか」

「だから、それを確かめに行くんだろうが」

言って、冬吾はふわっとアクビをした。どうやら昨夜は遅くまで、自分の部屋で書物を読んでいたらしい。いかにも寝不足という様子だ。

「あやかしに悩まされている者がいれば、相談にのるなり解決するのがうちの商いだ。周音のこととは関係ない」

（そんなこと言って、周音様への意地だってのは丸わかりなんだから）

そりゃ、るいだって日立屋のことは気の毒だし、何とかできればいいと思う。周音の紹介でなくとも、冬吾はこの仕事を断りはしなかっただろう。——だが、ひとたびこれまでの確執がからめば、とたんに話がややこしくなるのがこの兄弟なのだ。

（このままじゃ冬吾様ったら、相手が雲つくような大入道だって退治してみせるとか、言いだしかねないわ）

こうなったらあたしがしっかりしなきゃと、胸の内でるいは拳を握った。具体的にどうすればいいかは、よくわからないが。

大川を渡って馬喰町へ着いたのは昼過ぎである。途中で蕎麦《そば》屋で腹ごしらえをしてから、日立屋を訪ねた。

老舗の名に恥じぬ間口の広い店であるが、表の戸は閉ざされて、休業の張り紙がしてある。よく見れば戸の一枚だけが細く開いていた。おそらく危急に薬を求める客のためであろう。

中に入ると、薄暗い店内は香のような乾いた葉っぱのような匂いがした。長年にわたって建具や柱や道具に染みついた、さまざまな薬の匂いだ。

声をかけるとすぐに、いかにも古参のお店者《たなもの》という風情《ふぜい》の男が転がるように出てきた。年格好を見るまでもなく、この店に主人以外に残っている男ならば番頭しかいない。修兵衛がずんぐりなら、こちらはひょろりだ。慌てているのか、もとからせかせかしたたちなのか、冬吾を見るなり口早にしゃべりだした。

「お待ちしておりました。日立屋の番頭の善次郎《ぜんじろう》と申します。はい、九十九字屋さんのことは、手前の主人より聞いております。あの気味の悪い黒いやつを、追っ払ってくださるとか」

ありがとうございます、どうかよしなにお願いいたします——と、縋《すが》るように言われ、二人は修兵衛の待つ奥の座敷へと案内された。

戸を閉《た》てた店の中とは違い、主人夫婦と奉公人たちの生活の場である母屋は縁側も他の部屋も、冬の陽がよく射し込んで明るかった。奉公人が去ったために、しんと寂しいくらい静かなのは、仕方がない。るいとしては、もっと空気の澱《よど》んだ陰気な雰囲気を予想していたので、ちょっと意外な気がするほどだ。

「ようこそお出でくださいました」

修兵衛は客人を迎えると、「かよ乃を呼んできておくれ」と善次郎に言った。

番頭と入れ替わりに茶を運んできたのは、腰が半分曲がったような老婆だ。これが嫁入りの際にかよ乃が実家から連れてきたという女中で、名をツタという。

ほどなく、妻のかよ乃が姿を見せた。

(え、この人がおかみさん？)

るいは思わず目を瞠《みは》った。というのも、客に対して丁寧に頭を下げた女は、ずいぶんと若かったからだ。聞けば十九だという。世間に年齢の離れた夫婦はけして珍しくはないが、それにしても四十をこえた修兵衛と並ぶと、父娘にしか見えない。

かよ乃は、一見すると線の細い、おとなしげな女性だった。いや……こう言っては何だが、地味というか影の薄い印象である。よく見れば器量は悪くはないのに、生気がないというか人形のように表情に乏《とぼ》しい。身につけているものも、着物や小物に至るまで老舗のおかみらしく上質ではあるが、若い娘が好むような華やかさはなかった。

「昨日のうちにおまえにも話してあったが、こちらが九十九字屋のご主人と、お手伝いをしてくださる、るいさんだ」

修兵衛の言葉に、かよ乃は半分小首をかしげるようにして、るいを見た。自分と歳の近い娘があやかしに係わろうというのだから、少しは驚いたのかもしれない。

よろしくお願いしますとるいが朗《ほが》らかに言うと、慌てたように会釈を返した。その仕草は思いがけず年相応だったので、るいはなんとなくほっとする。だが、

「あなたも、その黒い影のようなものをごらんになったのですか？」

冬吾が訊ねると、かよ乃はまた表情を失くした。はいと抑揚《よくよう》のない声で言う。

「二度ほど」

「どこでです」

「一度は昼間、縫い物をしている時に部屋の隅に立っていました。二度目は夕刻で、渡り廊下におりました」

「怖かったでしょうね」

「はい」

冬吾はうなずくと、修兵衛に顔を向けた。

「店を閉めてからも、あやかしはあらわれるのですか」

「あらわれます。見る者の数が減りましたので、以前ほど頻繁かどうかはわかりませんが、手前も番頭も何度か、家の中で黒い人影を見かけております」

修兵衛の返答に、冬吾は何やら考え込む様子を見せた。

その後は、善次郎とツタを呼んで話を聞いたが、番頭が自分だけではなく他の奉公人たちがいつどこであやかしを見たかまですらすらと答えるのに対して、老婆は曖昧《あいまい》に首を捻《ひね》るばかりだ。

「あたしゃこの歳なんで、目がかすむんでございますよ。黒いものが暗い場所にいてもわかりませんし、いたと思っても衣桁《いこう》にかけた着物だったりしますのでねえ」

見たんだか見ないんだかと、ひとしきり白髪の頭を左右にかしげてから、旦那様あたしゃ台所仕事があるのでもういいですかと修兵衛に言う。

「ああ、いいよ。悪かったね」

「——では、私もこれで。ツタを手伝ってまいります」

よっこらしょと立ち上がった女中の後を追うように、かよ乃も失礼しますと客人に挨《あい》拶《さつ》をして部屋を出ていった。

「家の中を見て回ってもかまいませんかね」

冬吾が言うと、もちろんですと修兵衛はうなずき、「では手前がご案内しましょう」と善次郎が腰を浮かせた——ちょうどその時、店のほうからりんりんと鈴を鳴らす音が聞こえた。

「おや、お客様のようだ」

「行っておいで、善次郎。どなたかが薬を所望しておられるのだろう」

廊下を急ぎ足で立ち去る番頭を見送って修兵衛が言うには、来客があってもすぐに応対できるように、店に入ったところに呼《よ》び鈴《りん》を置いてあるとのこと。人手が足りないがための苦肉の策のようだ。

番頭の代わりに修兵衛の案内で、冬吾とるいはしばらく屋内を歩き回った。奉公人が黒い人影に出くわしたという箇所をいちいち確認したが、それでわかったのは、あやかしが出現する時間も場所も相手も、とくに決まり事はなさそうだということである。

「……ねえ、お父っつぁん」

一巡りした後、冬吾と修兵衛が階段の横で何やら話をしている隙に、るいは二人から少し離れてそっと壁に囁《ささや》きかけた。

「この家の中にあやかしの気配はある？」

「いんや、今んとこは何もいねえな。いたら、冬吾のやつが真っ先に気がつくんじゃねえのか」

ぼそぼそと作蔵の声が返る。

「そうよねぇ」

いなけりゃいないで拍子抜けだわと、るいは思った。相手が姿を見せないのでは、退治することもできやしない。

おいと呼ばれて、るいは慌てて冬吾のもとへ戻った。

「今日はこれで引きあげるとします。あと三日ほど猶予《ゆうよ》をいただきたいのですが」

周音の時と同じように、冬吾もやはり自分には対処は無理だと断るのではないか……

と、内心では不安に思っていたのかもしれない。修兵衛はもちろんですと大きくうなずいた。

「あれをどうにかしていただけるのなら、いつまでもお待ちいたします」

「つきましては、このるいを明日から日立屋さんに預けますので、まあ、臨時の奉公人とでも思って、こき使ってくださってけっこうです」

唐突に冬吾に名指しされて、

「え、あたし……!?」

るいは驚き、修兵衛は「それは、どういう……」と困惑した。

「奉公人がいなくなって、日立屋さんも大変なことでしょう。この娘は、暇があればせっせと店の中を掃除するのが好きなようなので、こちらでもお役に立つと思いますよ」

(好きで掃除ばかりしているわけじゃありませんけど)

と、るいは思う。暇があればではなく、店が暇すぎて他にやることがないから、手持ち無沙汰《ぶさた》で仕方なくやっているだけである。

「それは確かに、店も家のほうもまったく手は足りておりませんが……しかし、せっかくのご厚意とはいえ、よそ様のお店の奉公人を、しかもこのように若い娘さんをうちに置いて、もし万が一のことでもあれば」

「ご心配には及びません。この娘はあやかしには慣れています。こちらに三日もいれば、一度や二度は黒い人影とやらを見る機会もあるでしょう。うちとしても、対処するからには相手の姿なりをきっちり確認はしておきたいので」

「は、はあ」

「では、明日の朝にこの娘をこちらへよこします」

わかったなというようにじろりと目配せされて、るいは「はい」と表向きだけはにっこりしてうなずいた。


「あたし一人であのお店に住み込みだなんて、もし本当にあやかしが出たらどうすりゃいいんですかぁ」

日立屋を出て北六間堀町へ帰る道すがら、るいは恨めしげに冬吾に言った。

「おまえに、あやかしを祓うことができるか？」

「できませんよ。ご存じのように、あたしは幽霊やあやかしが見えて、触ることができるだけですから」

「だったらどうするも何もないだろう。――そうだな、見かけたら声をかけて、世間話でもしていろ」

とことん素っ気ない冬吾の返答だ。

「そんなあ」

お友達になれとでも言うのだろうかと、るいはぷっと頬をふくらませた。が、どのみち主人が決めたことに、奉公人が文句を言うわけにはいかないわけで。

るいはため息をつくと、なんとなく空を見上げた。もう陽はだいぶ傾いている。この季節、昼間の時間もずいぶん短くなった。早く帰らなければ、九十九字屋に着く頃には陽が暮れてしまう。

「おそらくは、たいして危険なあやかしではない。それに、いざとなれば作蔵がいるから大丈夫だろう」

「お父っつぁんは、どこにでも出てこられるわけじゃありませんし。それに危険な相手じゃないなんて、どうしてわかるんですか」

「逆に訊くが、どうして危険だと思うんだ」

「だって周音様が――」

言いかけて、るいはハッとした。

「そういえば周音様は、日立屋さんのところであやかしを見たんでしょうか」

見たのでなければ手に負えないなどという話にもならないはずだと思っていると、果たして冬吾はうなずいた。

「どうやら、周音は二階の座敷であやかしに出くわしたらしい」

らしいというのは、周音が案内を断って一人で家の中を見て回ったためで、その場に修兵衛も番頭もいなかったからだ。

日立屋の母屋の一階は風通しもよく明るいが、二階は戸を閉ざしたままなので手燭がなければ何も見えぬほど暗かった。家中の雨戸を朝晩に開《あ》け閉《た》てするのはなかなか手間で、店を休業してからは二階は閉め切ったまま使わないようにしていたらしい。

その二階に周音は一人で上がって、半刻ほども降りてこなかったという。さすがに修兵衛が心配して階段の下から呼びかけると、ようやく戻ってきて、聞いていたとおりの黒いあやかしがあらわれた、祓おうとしたが自分の力では無理だったと告げたというのだ。

「ほら、やっぱり。周音様にも祓うことができないくらい、凶悪なあやかしなんですよ」

「その凶悪なあやかしは、日立屋で何をしたんだ？」

それは、と言いかけて、るいは修兵衛たちから聞いたことを思い返した。

「手代さんが突き倒されて寝込んでしまったり……髷や袖を摑まれた人がいたり……っ
て。あれ？」

べつにたいしたことはしていない気がする。日立屋の者たちは皆、黒い人影を見て驚いて勝手にすっ転んだり、腰を抜かしたりしたにすぎない。

「それこそ人間に危害を加えるほど強力なあやかしなら、もっと悪意に満ちた気配なり妖気が残っていると思うがな。あの家のどこを見ても、そんなものは感じられなかった。日立屋の話を聞くかぎりでは、そこにいるだけの、むしろ無害ともいえる相手だ」

「で、でも、それじゃどうして周音様は」

「そこがわからん」

なぜ周音は祓わなかったのかと、冬吾は呟いた。

「何にせよ、もう少し詳しく調べる必要がある。あやかしが姿を見せるまで、のんべんだらりとあちらの店に泊まり込んで待っているわけにはいかん。だからおまえに、日立屋へ行けと言ったんだ。私に代わって、あやかしがあらわれたらよく見ておけ」

（そっか。冬吾様は、あたしが危ない目にあうことはないって思ったから）

それに冬吾様の代わりだなんて、つまりあたしは頼りにされてるってことじゃないかしらと、るいはほっこりと嬉しくなった。

「わかりました。あたし、明日から日立屋さんで頑張ります！」

頭上で、カラスがかあと鳴いた。もう一度見上げた空は、夕暮れの気配がいっそう濃い。そばの塀の向こうに大きな柿の木が枝を広げていて、取り残された実がまるで灯《とも》火《しび》のように赤く揺れていた。

三

翌日の朝、るいは身のまわりの物をまとめた風呂敷包みを抱えて、馬喰町へと赴《おもむ》いた。日立屋に着いて、短い間ですがよろしくお願いしますと修兵衛に挨拶をすませてから、番頭に案内されたのは母屋の一角にある日当たりのよい座敷である。こちらを使ってくださいと言われ、とんでもないと慌てて女中部屋にかえてもらった。お客様扱いなどされては、居心地が悪いだけだ。

「さ、きりきり働かなくちゃ」

襷《たすき》をかけてお勝手に顔をだしたら、ツタが台所仕事をしていた。お手伝いしますと声をかけると、では水を汲んできてほしいとの返事。るいは張り切って裏庭の内井戸とお勝手を幾度も往復して、水瓶をいっぱいにした。

「助かりましたよ。他の女中がいなくなってから、この水汲みってやつが一番難儀でねえ。重い水桶を運んで行ったり来たりが、年寄りの身にはこたえるのなんの。だからって、まさかお嬢様に水汲みをしてくれとも言えませんし」

お嬢様というのは、かよ乃のことだ。本来ならおかみさんと呼ばなければいけないところを、実家にいた頃の呼び名のまま通しているらしい。

ツタは知り合ってみれば愛想の良い老婆で、目がかすむと言っていたが口ははきはきとよく回る。ハタキと雑巾で勝手口を掃除している間に、るいはかよ乃の実家が浜町《はまちょう》の三好屋《みよしや》という紙問屋であること、かよ乃の妹が生まれつき病弱な質《たち》であったため子供の頃から日立屋に頼んで薬を調合してもらっていたこと、その縁でかよ乃が修兵衛に嫁入りしたことなどを彼女から聞きだした。

「おや、もうこんな時間だ。そろそろ昼餉の支度をしないと」

九つの鐘を聞いて、ツタは忙しない様子になった。手伝いましょうかとるいが言うと、首を振った。

「炊事は手が足りてますよ。いつもお嬢様が手伝ってくださいますから。じきに部屋から出ていらっしゃるでしょう」

「かよ乃さん……いえ、おかみさんが炊事を？」

「お嬢様は炊事洗濯針仕事と、家事がたいへんお上手でしてねえ。嫁いでからも家のことをよくなさるので、こちらの女中たちもずいぶん感心していたものですよ。大店《おおだな》のお嬢様だから習い事ばかりで甘やかされて育っているとばかり思っていたのに、とね」

「ツタさんは、三好屋でもずっとおかみさんの世話をされていたんですか？」

いえいえ、とツタは首を振った。

「あたしはお嬢様と一緒に日立屋へ来るまでは、あちらの女中頭を務めておりました。そろそろ若い人に役目を代わってもらって、のんびりと余生を送るつもりだったんですが、お嬢様がこちらの暮らしに馴染《なじ》むまではついていてやってくれと、三好屋の旦那様に頼まれたんです。そういうわけですから、あちらのお店にいた頃は、あまりかよ乃お嬢様の近くにはいませんでしたね。それでも、お世話をしていた女中が言うには、お嬢様は小さい時からおとなしくて我《わ》が儘《まま》のひとつも言わない、良い子だったとか。あんまりおとなしすぎて、うっかりするとどこにいるのかわからなくなっちまうくらいだったそうで」

あたしゃそれが不憫《ふびん》でと、ツタは言う。どういう意味かと、るいは首をかしげた。

「だってねえ、子供なんてものはやんちゃで聞き分けがないくらいが、ちょうどでしょう。なのに、そんなに良い子だなんてね。お嬢様のあちらでの事情を思えば、そりゃ仕方のない——」

そこまで言ってツタは、皺《しわ》のある口もとをすぼめた。その事情とやらをるいが訊き返すより先に、せかせかと言った。

「おやいけない、あたしったら無駄口を。それじゃ、るいさん、短い間ですがよろしくお願いしますよ」

お勝手での仕事はもうなさそうだったので、次にるいは廊下の拭き掃除にかかった。

（これは、やり甲斐《がい》があるわね）

家が大きいから、廊下の数も多くて長い。毎日拭き浄《きよ》める者がいないから、板の間にも畳にもうっすらと埃《ほこり》が溜まっていた。家中の掃除だけで、三日くらいあっという間に過ぎてしまいそうだ。

昼餉が終わった後も、るいはせっせと掃除に精をだした。

「るいさん、少し休んでおやつにしよう」

桶の水を取り替えて雑巾をぎゅっと絞っていると、番頭がひょいと顔を出した。

「はい、ありがとうございます」

「いやいや、るいさんに来てもらって、大助かりだ。掃除はあたしやツタさんが、手の空いた時に目についたところだけはやるようにしていたんだがね。知ってのとおり、店を閉めてもお客様はいらっしゃるわけで。おまけにあたしは、帳簿をつけるのは得意でも、家の中の女手のいることにはとんと疎《うと》くてね」

でもほどほどでよいからね、そんなにしゃかりきに働かなくてもと、あからさまに申し訳なさそうな番頭の口ぶりだ。

「大丈夫ですよ。暇でやることがないより、ずっといいです」

普段はそれが身に沁みているので、るいが朗らかにそう答えると、番頭はほうといたく感心したらしい。よかったらこのままずっとうちで奉公する気はないかねなどと言いだしたものだから、るいは慌てて話を変えた。

「そういえば、周音様をこちらの旦那様に紹介したのは、番頭さんだと聞きましたけど」

「ああ、辰巳神社のご神職だね」

「番頭さんは、以前にも周音様とお会いになったことがあるんですか？」

いいやと番頭は首を振る。

「会ったのは、先日店にいらした時が初めてだ。あたしは十歳でこちらのお店に奉公にあがってね、親の家に帰るのは藪入《やぶい》りの時くらいだったから。顔を見たことがあるのは、先代のご神職だ。それでも、禍事《わざわいごと》があれば辰巳神社に相談に行けとうちの親がよく言っていたのを思いだしたもので、今度のことでは旦那様にもそのように申し上げたのだよ」

奉公にあがった丁稚が番頭になるまでの年月を考えれば、善次郎が先代の神職しか知らないというのも無理はない。とすると、

（やっぱり番頭さんも、冬吾様と周音様が兄弟だとは気づいてないんだわ）

まあ、見た目に似ていない兄弟だものね。わざわざ言わなくてもいいことだし、あたしもこのまま知らんぷりをしておこうと、るいは「言わざるのお猿さん」みたいに自分

の口を手で押さえた。

結局その日は、掃除と雑用で一日が終わった。修兵衛には幾度か声をかけられたが、かよ乃は時おり姿が目に入るだけで言葉を交わすことはなく、あやかしに至っては姿すら見せなかった。

「あー、よく働いた。さすがに草臥《くたび》れたわ」

夜。部屋に戻ったるいは、寝間着に着替えると布団に倒れ込んだ。

「おやすみ、お父っつぁん」

おい待て待てと、壁から作蔵が顔をだした。

「さっき、ナツが来ていたぜ」

「え、いつ？」

るいはがばっと頭をあげた。

「おまえが湯屋に行ってる間だよ。また明日も、今時分に来るとさ」

「ふぅん。ナツさんは何か言ってた？」

「いや、とくに何も」

「そう」

冬吾様も一言くらい何か言伝《ことづ》てしてくれればいいのに。ご苦労とか、そっちはどんな案配かとか。

愛想なしと小声で呟《つぶや》いて、るいは行灯の火を吹き消した。そうして夜具を被《かぶ》ると、翌朝まで夢も見ずに眠った。

二日目の、それは昼餉の後のことだった。

大きな店ではたいていそうだが、日立屋も主人夫婦と奉公人は食事を別にとる。台所の板の間で番頭とツタと一緒に食事を終えたるいは、さて次はどこを掃除しようかしらと考えた。

もちろん、拭いたり掃いたりしなければならない場所はまだまだたくさんあるが、一番気になるのは二階だ。戸を閉め切ったままで風を通さないのでは、湿気がこもってあちこち傷《いた》んでしまう。

よし、決めた。襷を締めながら「二階を掃除しますから、用があったら呼んでください」と言うと、番頭は目をむいた。

「怖くないのかね。ご神職は二階であやかしに出くわしたんだよ」

「でもあたしは、そのあやかしを見るためにこちらに置いてもらっているんですが」

ああそうだったと頭を抱えた番頭を見て、ツタがやれやれというように首を振った。

二階は相変わらず真っ暗だった。手探りで座敷に入ったるいは、さらにその先の雨戸にたどり着くと、よいしょとそれを引き開けた。

戸板一枚分の陽射しが部屋に射し込んだ。次の戸に手をかけたところで、

「おい、るい」

作蔵の声がした。

「何、お父っつぁん？」

「出やがったぜ」

えっと振り返ると、目の前に黒い人影が立っていた。くっきりと畳に落ちた四角い白い光の中に、対照的に濃くなった部屋の闇が、人のかたちをとって踏みでてきたかのようだ。

「わっ、びっくりした！」

るいは一瞬、飛び上がりそうになった。あやかしでなくても、いきなり誰かがすぐ背後に立ったら驚くものだ。

「もっと早くに言ってよ、お父っつぁん！」

「いや、そいつはたった今出たとこだ」

るいはそろそろと、作蔵がいる壁のそばに寄った。その位置から人影をじっくりと見つめる。あやかしは無言でじっと佇んだままだ。冬吾の言葉どおり、なるほどただそこにいるだけとも言える。

（確かに、そんなに怖い感じはしないわね）

それでこの後はどうすればいいんだろう。あやかしを見ることしか考えていなかったわと、るいは首を捻った。

「ええと、その……今日は良いお天気ですね」

とりあえず、冬吾が言ったように声をかけて、世間話でもしてみることにした。

「そんなに黒いとやっぱり、明るい場所のほうが見えやすくていいですよね。あ、でも夜でも見えるんでしたっけ。暗くてもいることはわかるって、ここの旦那様が仰ってたような」

ああそうそう、昨日こちらでおやつに美味《おい》しいお饅頭《まんじゆう》を食べたんですよ。皮が薄くてそのぶん餡《あん》がたっぷりで、番頭さんが言うには餡にちょっとお味噌《みそ》を混ぜ込んであるのがこの饅頭のミソだ、なんてね。もう可笑《おか》しくって……と、あははと笑ってから、るいはため息をついた。

(こんなことを言っていても、埒《らち》があかないわ)

当然というか、あやかしの反応はない。代わりに作蔵が呆《あき》れたように、

「さっぱり面白くねえんだが」

「言わないでよ、お父っつぁん」

よし、とるいは腹に力をこめた。前に出て、もう一度あやかしの正面に立った。間近で見ても、やっぱり真っ黒だ。前後がわからないが、こちらが前ということにしよう。

「あたしは、るい。あんたは?」

あやかしに名を名乗るのは危険だと、以前に冬吾に言われたことがあるような気がする。でもなぜか、どうしてだかるい自身にもわからないが、このあやかしに対してはそうするのが正しいように思えた。

「どうして、このお店にいるの? どうして皆を驚かせたりしたの? どうして――」

言葉がひとつ、るいの頭をかすめた。それとて、どうしてなのかわからない。だがるいは、躊躇《ちゅうちょ》なくその言葉を口にした。

「あんた、ひとりぼっちなの？」

だったら、あたしがあんたの友達になったげようか？

そのとたん、黒いあやかしの身体が、かすかに揺れた。るいがはっとしたのは、小さな、小さな声が聞こえたからだ。それが、まだ幼い女の子の声だったからだ。

——さんのうーのおさるさんはあかいおべべがだいぉーすき

テテシャン、テテシャンと唄っている。歌っているのは目の前のあやかしだ。

——ゆうべえびすこによばれていったら　おたいのすいーもの　こだいのしおやき

——さんばいめーにはさかながないとてはらをたて　ハテナハテナ　ハテハテハテナ

るいは目を見開いて、あやかしを見つめた。

その時ふいに、階下が騒がしくなった。

「るいさん、何かあったかい？　何か聞こえるようだけど、誰かとしゃべっているのかね？」

番頭だ。ばたばたと階段を駆け上がってくる。るいが一瞬そちらに気を取られたとたんに。

あやかしはふうっと、その場から消えた。

「山王のお猿さんは、赤いおべべが大ぉ好き……」

るいは廊下の柱を雑巾で拭きながら、なんとなくその唄を口ずさんだ。

「夕べ恵比須講《えびすこう》に招《よ》ばれて行ったら、お鯛の吸い物小鯛の塩焼き、一杯おすすら、すぅすら……」

数え唄である。小さな女の子が鞠《まり》つきやお手玉をする時に歌うもので、もちろん、るいも知っている。

あやかしが消えた後、手燭を持って騒々しく二階にあがってきた番頭の引《ひ》き攣《つ》った顔を見て、るいは思わず「何もありません」と、とぼけてしまった。戸が重くて手間取ってしまって……いいえ、しゃべってなんていませんよ。だってほら、あたしの他には誰もいませんもの。……ええ、あたしが鼻唄を歌っていただけです……。

それから急いで全部の部屋の戸を開けて回って、風を通しながら二階を掃除し、一刻ほどでまた戸を閉てて、階下に戻ってきた。

結局、あやかしを見たことは他の者には言わずじまいである。一度とぼけてしまった手前、今さら「実は……」とは言いだしにくい。

（冬吾様に報告すればいいことよね。今夜、ナツさんが来た時に……）

そんなことを考えながら、せっせと手を動かしていると、背を向けていた座敷からぽそりと声がした。

「懐かしい……」

えっ、と巡らせた視線の先に、かよ乃がいた。小首をかしげるようにして立ったまま、るいを見ている。

「その唄」

言われて初めて、るいは自分が無意識のうちにまだ数え唄を口ずさんでいたことに気づいた。

（やだ、あたしったら。ずっと歌ってたわ）

「すみません。うるさかったですか」

いいえと、かよ乃は頭を振った。ついと足袋《たび》の足先を進めて、るいのそばまで来ると、

「あなたの唄を聞いて、子供の頃のことを思いだしたの。私はお手玉が好きで、その唄にあわせてよく遊んでいた」

るいは少しばかり、目を瞠った。思えば、かよ乃とこんなふうに話をするのは初めて

だ。お手玉が好きというかよ乃の表情は、十九の娘らしい柔らかさをおびている。口調も心なしか、親しげだ。いつもの人形のような感情に乏しいものではなく。

「祖母が端布《はぎれ》を使って、それは綺麗《きれい》なお手玉を作ってくれたわ。その唄を教えてくれたのも祖母。私はお手玉が上手だって褒めてくれて、それがとても嬉しくて」

幸せな思い出なのだろう。遠い記憶を懐かしんで、かよ乃は目を細めている。

「知っているかしら。よその土地では途中の歌詞を『名主《なぬし》の権兵衛《ごんべえ》さん』と言い換えることがあるのですって」

「え、どこをですか？」

「三杯目の、というところよ」

こんなふうにと、かよ乃は歌ってみせる。目に見えないお手玉を投げ上げ受け止めるようにちょいちょいと手を動かしながら、まるで囁くような小さな声で。

――一杯おすすら、すぅすら　二杯おすすら、すぅすら
――名主の権兵衛さんが肴《さかな》が無いとて腹を立て
聞いたとたん、るいはぎょっとして、かよ乃を見つめた。

「ね、面白いでしょう。これも祖母から教わったのよ」

「は、はい。素敵なお婆様ですね」

かよ乃はぎこちなく微笑《ほほえ》んだ。だがすぐ我に返ったように、顔からすうっと表情を消すと、

「ええ。でも祖母は、私が六つの時に亡くなったの」

それだけ言って踵《きびす》を返すと、るいから離れた。

るいは雑巾を握りしめたまま、かよ乃が廊下の向こうに立ち去るのを見送りながら、何度も目を瞬《しばたた》かせた。

(どうして……)

数え唄を歌うかよ乃の声。それが、二階の座敷で聞いたあやかしのそれに重なった。

幼いか、大人の声かの違いはあれど、でもあれは。

(同じ声だ)

あのあやかしは、かよ乃の声で、歌っていたのだ――。


「へえ、数え唄ねえ」

夜になってやって来たナツに、るいはその日の出来事を語った。

場所は裏庭にある蔵の陰、そこなら手燭の明かりを母屋から見咎《みとが》められることもない。

それでも用心したのか、ナツは三毛猫の姿のままだ。

「冬吾に伝えておくよ。あやかしの姿を見ることができたなら上出来だ」

「あのあやかしの正体って、何なんでしょう」

るいが首を捻るのを見て、ナツはふふっと髭《ひげ》をそよがせた。

「それは冬吾から訊いとくれ。明日の朝に、こちらへ来るって言っていたから」

え、とるいは目を丸くした。

「約束の三日より、一日早いですよ」

「とっとと解決して周音に文句のひとつも言ってやりたいんだろ。まったく、普段はぐうたらなくせに、あの兄が係わるとこれだもの。おかげでこっちも、さんざん走り回る羽目になってさ。何度も浜町まで行かされて。まったく人使いが荒いったら」

人使いなのか化け猫使いなのか、この際どっちが正しいのかということよりも、るいが気になったのは、

「浜町……？」

それは、かよ乃の実家があるところだ。

「それじゃやっぱり、あのあやかしは、かよ乃さんと関係があるんですか？」

身を乗りだしたるいに対して、三毛猫ははぐらかすように目を細めた。

「あたしは冬吾に頼まれて、界隈《かいわい》の連中から話を聞いてきただけだよ」

その連中というのは、近所の野良猫や、人ではないモノたちである。えてして人間が見聞きした話よりも、彼らのほうがよほど多くのことを知っているからだ。

今ここであれこれ当て推量をするものじゃないと、やんわりとたしなめられた気がした。るいがしゅんとすると、ナツは猫の顔でほろりと笑った。

「あんたが一日二日いないだけで、店の中はまるで火が消えたみたいだよ。冬吾も落ち着かないんだろうね、いつもよりむっつりしちまっててさ」

「冬吾様が？」

いつもむっつりなのに、いつもよりってどんなのかしらと、るいは首をかしげる。

「あんたがうちに来る前と、何も変わりゃしないってのにねぇ」

おやすみと一言残して、三毛猫は夜の闇に滑り込むように姿を消した。

四

ナツが言ったとおり、翌朝に冬吾が日立屋にやって来た。

「いよいよ、あの黒いあやかしを退治していただけるので」

母屋の座敷に店の者全員が顔を揃えたところで、番頭がそわそわと口を開いた。

昨日も感じたことだが、もしかすると番頭さんがこの中で一番怖がりなんじゃないかしら、とるいは思う。それでも武士なみの忠義の一心で店に残っているあたり、奉公人の鑑《かがみ》と言えよう。

ところが。

「退治するつもりはありませんよ」

皆を前にして冬吾がしれっと言い放ったので、るいはえっと目を見開いた。

「そ、それはどういう……。もしや辰巳神社のご神職と同じように、祓うことができないあやかしだと仰るので？」

番頭は早くも青ざめる。冬吾は肩をすくめると、先をつづけた。

「皆さんが目にした黒い人影の正体は、一人法師《ひとりぼうし》と呼ばれるあやかしです」

一人法師。

「そのような名が……。ではあれは、よく知られているあやかしなのでございますか」

修兵衛がぎょろりと目を動かす。

「私が持っている文献に、記録が残っていました。世間によく知られているかどうかは、さだかではありませんがね」

冬吾の説明によれば、一人法師とはもとは宗派に属さず、ひとつところに住むこともなく、一人で各地を放浪する僧侶をそう呼んだものらしい。

「仲間がおらず、たった一人であてどなく彷徨《さまよ》いつづける所業は、孤独なものでしょう。それゆえ、それが転じて生まれた言葉が、『ひとりぼっち』です」

なるほどと修兵衛はうなずき、それにならって番頭もほうほうと忙しなく首を上下させた。ツタは「あたしゃ目ばかりか耳も遠くて、何のことやら」とでもいうような顔でちんまりと座っており、かよ乃は修兵衛の隣で端《はな》から表情を固めたままである。

「あやかしである一人法師は、孤独なままで死んだ僧侶の魂のなれの果てとも言われています。死んでもなお寂しく彷徨ううちに、黒い影のようなあやかしに変じてしまったモノだと」

それゆえ、と。冬吾は淡々と言葉を継ぐ。

「一人法師は、自分と同じように孤独で寂しい人間を見つけると、その者に取《と》り憑《つ》くのですよ」

「……寂しい人間に、ですか」

修兵衛は低く唸《うな》った。

「取り憑かれた者はどうなるんです？　もしや、精気を吸われるとか、魂を盗られるとか」

ああどうしよう、あたしらみんな取り殺されてしまうんだろうかと、番頭は震え上がった。

「落ち着きなさい、善次郎」

「し、しかし旦那様」

「一人法師はその人間のそばにいるだけで、とくに何かするわけではありませんよ」

危険なあやかしではないと、冬吾はきっぱりと言った。

（そういえば、冬吾様は……）

最初から、危なくないとか無害だとか、あの黒い人影のことを言っていたっけ。もしかすると冬吾様はその時にはもう、あやかしの正体に薄々気づいていたのではないかしらと、るいは思った。

「本来なら、憑かれた当人にしか姿が見えないモノです。もしくは同じような孤独を抱えた者、一度取り憑かれたことのある者にも、見えることはあるかもしれない。――ただ、今回はいささか奇妙です。日立屋の他の者たちまでが、一人法師を目撃している点でね。まさか全員が、普段から孤独だの寂しいだのと思っているわけではないでしょうに」

どうです番頭さんと、視線を向けられて善次郎はむんと胸を張った。

「ええ、それはもちろん。あたしはこのお店で、旦那様にご奉公できて毎日幸せでございますよ」

「ツタさんは」

「言ったじゃないですか、あたしゃ目がかすむって。でもまあ、三好屋でまだしゃんと働いていた時も、黒いあやかしだか何だかを見たことはなかったですよ」

冬吾はうなずくと、あらためて、その場にいる者たちを見回した。

「おそらく日立屋にあらわれた一人法師は、わけあって従来よりもよほど強い力を持つに至ったのでしょう。それこそただの影のようだったモノが、誰の目にも見えて、捕まえようとすれば抵抗するくらいには、実体に近い存在になってしまったということです」

寡聞《かぶん》にして、一人法師がそうなったという事例は他に知らないが、そういうこともあるのだろう。あやかしについては、人は知らないことのほうが多いのだからと、冬吾は言う。

聞いて、修兵衛は眉間《みけん》にぎゅっと皺を寄せた。

「それは……その、わけとはどのような」

「順を追って説明します。まず考えなければならないことは、一人法師に憑かれた者がこの中にいるということですよ」

奉公人たちがいなくなった後にも、一人法師は日立屋に姿をあらわした。つまり、店に残った者の中に取り憑かれた人間がいるということだ。

「この四人のうちの誰かに、ですか」番頭はぎょっとしたように座を見回した。「あ、あたしじゃありませんよ。ええ、嘘などついちゃいません。今さっきも申し上げましたように、あたしは――」

「番頭さんとツタさんは、違います。お二方が嘘をつく理由もありません」

冬吾は断言した。

番頭はほっと息をついてから、ぶるりと身を震わせた。青い顔で、そろそろと首を伸ばしてうかがうように、主人夫婦を交互に見た。

日立屋さん、と冬吾はわずか声に力をこめた。

「あなたはずっと前から、あやかしの正体がわかってらしたんじゃないですか。一人法師という名までは知らなかったようですが」

「手前がですか」

修兵衛は大きな目をゆっくりと瞬《しばたた》かせる。

「うちにいらした時に、あなたはあやかしをどうにかしてほしいと仰った。祓うでも退治するでも追い出すでもなく、です。ただの言いようなのかもしれませんが、些《いささ》かひっかかりましてね」

「手前にはどこがおかしいのか、わかりかねますが」

「たとえば、目の前に泣き喚《わめ》いている子供がいるとして、それをどうにかしたいというのなら、その子供を泣き声が聞こえないところまで連れ出すか、それとも泣いている理由を訊いて宥《なだ》めるかです。あなたは後者、あやかしを排除するのではなく、それが姿を見せるようになった理由を知ろうとなさっていたのじゃないですか」

「なぜ、そのような――」

修兵衛が言いかけるのを、冬吾は冷ややかに遮《さえぎ》った。

「事の解決をお望みならば、これ以上の隠し立ては時間の無駄です。本当のことだけを仰ってください。――あなたは最初から、ご存じだったのでしょう。かよ乃さんに、一人法師が取り憑いていることを」

寸《すん》の間《ま》、座敷に沈黙が降りた。

修兵衛は何か言いかけて、そのまま大きく息を吐いた。

「……そうです」

そうして諦めたように、重々しくうなずいた。

「仰るとおりです。……あれが、かよ乃のそばにいるモノだということを、手前は承知しておりました」

畳の一点に視線を落とし、それまで黙って聞いていたかよ乃が、その言葉に顔をあげて夫を見た。まるで、初めて修兵衛という人間を目の当たりにしたかのように。

ひっと番頭が息を呑むさまを横目に、やっぱり、とるいは思った。あのあやかしは、かよ乃さんに憑いていたんだ。やっぱりそうだったんだ。……でも、どうして？

「日立屋で起こったあやかし騒ぎの元凶がかよ乃さんだとわかっていたのなら、解決は簡単だったはずです。かよ乃さんを離縁して、実家に戻せばよいだけのことでした。けれどもあなたはそうはせずに、どうにかしてくれと私に仰った」

泣いている子供を外に連れ出すのではなく、理由を訊いて宥めるほうを選んだ。冬吾が言っていたのは、そういう意味だったのだ。

「かよ乃さん」

呼びかけられて、かよ乃はぴくりと肩を震わせた。冬吾の目を逃れるように、ふたたび畳を見つめて俯《うつむ》く。

「先日お訊ねした時に、あなたはこちらで二度ほど一人法師を見かけたと仰いましたね。でもそれは、嘘です。日立屋にあやかしがあらわれるようになったのは自分が原因だと、あなたはわかっていたはずですから」

すでに観念していたのか、かよ乃は素直にうなずいた。

「一人法師はいつから、あなたに憑いていたのです？」

「実家にいた時から……ずっと前、私が子供の頃から……私は、あれを見かけておりました」

「そ、そんな——」

腰を浮かせかけた番頭が、わっと頓狂《とんきよう》な声をあげた。隣にいたツタが、えいっと彼の足を抓《つね》ったためだ。

冬吾は淡々と、言葉をつづけた。

「こういう事情ですので、あなたがご実家の三好屋にいらした時のことを調べさせてもらいました。そのうえで幾つか、お訊ねしたいことがあります。不躾《ぶしつけ》なことを申し上げるかもしれませんが、お許しいただきたい」

かよ乃は顔をあげぬまま、はいと応じた。

「あなたは幼い頃、確か二歳から六歳までの間は、母方の祖父母の家で育てられたのでしたね」

「はい。……妹が、生まれつき身体が弱かったものですから」

三好屋の次女のお仙《せん》は脆弱《ぜいじやく》な質《たち》で、生まれて間もない頃からすぐに熱をだしては周囲を心配させた。両親はその妹に手をかけるのが精一杯で、まだ幼かった長女のかよ乃を祖父母に預けたのだ。

（それで、お手玉を祖母から教わったって言ってたのね）

るいは合点する。その話をした時のかよ乃は、懐かしそうで幸せそうだった。祖父母に大切にされていたに違いない。

「両親は時おり便りをよこしはしましたが、私に会いに来ることはほとんどありませんでした。妹のことで手一杯だったのでしょう」

でも祖母が亡くなってと、かよ乃は言う。

「祖父一人では子供の面倒をみるのは無理だろうということで、私は三好屋に戻されました」

戻されたという言い方に、屈折を感じる。

「三好屋では、あなたは一人でいることが多かったそうですが。家や家族には馴染めませんでしたか」

ずばりと冬吾は訊いた。なるほど不躾と最初に断っていたが、いきなり相手の心の奥底を覗くような言い方だ。かよ乃が一瞬、たじろいだように見えた。

「……どうしても、他人の家にいるような気がして。妹が相変わらず病気がちだったので、両親がそちらにばかり世話をやいていたせいもあったのでしょうが」

二歳といえばまだ物心もつかぬうち、その頃に離れてしまった親とふたたび一緒に暮らすようになったとて、幼い子供には戸惑いばかりがあっただろう。

そしてそれは——親のほうでも同じではなかったか。ましてや手もとに残した妹のほうは、昼も夜もなく病に取られてしまわぬよう、心を砕き手塩にかけて大切に育ててきたのだ。関心も愛情も、姉娘に注ぐそれとは比ではなかったはず。

「ですから私は、あの家でいつもひとりぼっちでした」

むろん両親はかよ乃が家に戻ったことを喜びはしたろうが、親子の間にはどうにも拭《ぬぐ》い去ることのできないよそよそしさも、つきまとったのではないか。それは、その後も、ずっと長く。

(そうか。それで寂しかったから、かよ乃さんは一人法師に取り憑かれてしまったのね。親御さんが、身体の弱い妹さんにばかりかまっていたから……)

と、なんだかもうすっかりわかった気になって、るいはうなずく。そうしてから、はてと首をかしげた。何だろう、何かひっかかる。どこかで似た話を聞いたような……。

あっと声をあげ、るいは慌てて両手で口を押さえた。そろりと向けた視線の先、冬吾も彼女を見て一瞬だけ、渋い表情を見せた。るいの場違いな大声のせいか、彼女が思い当たったことのせいか、その両方かはわからない。

冬吾はすぐに真顔に戻ると、

「そういえば昨日、ご実家の近くでお仙さんを見かけましたよ。お供を連れて、習い事の帰りだったのでしょうかね。聞いていたよりもずっと、顔色もよくお元気そうでした」

ナツにまかせっきりにするのではなく、冬吾自身も浜町まで足を運んだらしい。

「ええ。妹も十を過ぎた頃からだんだんと身体が強くなって、今では寝込むことがあっても、年に二、三度くらいですんでいます。それでも母などはまだ、妹を案じていますけれど」

るいは当事者ではないので、皆より少しさがった場所に座っていた。座敷の隅に近いので、全員の姿が視界に入る。その時かよ乃に目を向けていたるいは、ふとおかしなことに気がついた。

かよ乃の背後、畳の上に彼女の影が落ちていた。まるで盛夏の陽射しの下にいるかのような、くっきりとした影だ。

客間は庭に面していて、日当たりもよく明るい。しかしさすがに昼間でも火鉢のぬくもりの恋しい季節であるから、縁側との仕切りの障子は閉《た》ててあった。白い紙に陽は射していても、その光だけで部屋の中にいる者に影が生まれるはずはない。げんに、かよ乃以外の者には影などない。

(他の人は気がついていないのかしら)

隣に座っている修兵衛には見えないだろう。番頭とツタの位置からも、ちょうど死角になっている。

口にだして言ったほうがいいのか、それとも黙っていたほうがよいのか。るいが迷っている間にも、冬吾の言葉はつづいた。

「妹さんは界隈では評判の美人だと噂に聞いていましたが、確かにたいそう綺麗な人ですね」

「界隈どころか、妹は絵姿に描かれたこともありますから、噂はもっと遠くまで届いていますでしょう。それを証拠に、十五を過ぎた頃には妹には山ほどの縁談が持ち込まれておりました」

かよ乃の背後の影が、蠢《うごめ》いた。膨《ふく》れて、まるで畳を這うようにするりと伸びる。夕陽に落ちた影のように長くなった。そちらに目をこらしていたるいは、息を詰める。

「病がちだったせいか肌が透き通るように白くて、ほっそりと儚《はかな》げな風情であるのに、笑うと大輪の花が咲くようだと。妹を見た者は、誰もが口々にそう褒めます。そのうえ習い事も、何をやらせても達者なものですから、両親も妹のことをずいぶん自慢にしているようです」

「あなたはどうでしたか」

「どう、とは」

「あなたのことは、皆はどう言っていたのです?」

(え、そんなことを訊かなくたって……)

かよ乃の影に気を取られながらも、るいは思わずしかめっ面になった。お仙という娘がどれほど美しいのかは知らないが、それではまるで姉と妹を比べているみたいだ。そして、こう言っては申し訳ないが、かよ乃の地味な印象からして妹よりも霞《かす》んでしまっていたことは聞かずともわかる。

修兵衛も同じことを考えたのだろう。太い眉をぐっと寄せて「九十九字屋さん――」

と口を開きかけたのを、冬吾は片手で押しとどめるようにして黙らせた。

「何も」

かよ乃はぽつりと答えた。感情が抜け落ちたような声だ。――それが。

ふたつに割れた。

『誰も、何も。妹の引き立て役どころか、私のことなど、誰も見向きもしなかった』

紛《まぎ》れもなくかよ乃の声でありながら、その言葉はかよ乃の口から発せられたものではなかった。

部屋にいた者たちは、一様に怪訝な顔をした。おのれの聞き間違いかと訝《いぶか》って、耳に手を当て、それぞれに他の者の顔を盗み見る。

冬吾だけは動じた様子もなく、平然とかよ乃に話しかけた。

「どうも腑に落ちないのですがね。本来なら三好屋は長女のあなたが婿《むこ》を取って、店を継ぐはずでしょう。なのにあなたが日立屋さんのもとに嫁ぐことになったのは、何か理由でもあるのですか」

かよ乃は膝の上で揃えていた両手を、握りしめた。するっと、影がまた伸びる。

「妹は以前に比べて見違えるほど丈夫になったとはいえ、他家に嫁いで家を離れればまた身体を壊すかもしれないと……それでは先様にも迷惑だろうと、両親は心配をしておりました。それならば、妹は婿を取って家に残り、私が嫁いだほうがよかろうということになったのです」

『父も母も、妹を手放したくはなかった。ずっと手もとに置きたかった。可愛い、自慢の娘だから。私はよそへやってもかまわなかった。私はいらない娘だったから』

聞き間違いではなかった。ふたつめの声は嘆くように恨むように、かよ乃の背後から聞こえていた。

冬吾はふうと息を吐く。そして、言った。

「そろそろ姿を見せたらどうだ」

とたん、畳の上の影がむくむくと質感をもって起き上がった。瞬《まばた》きひとつの間に、それは目鼻もわからぬ真っ黒な人影となって、座っているかよ乃の真後ろにすっくと立った。

「やっとあらわれたな。——一人法師」

かよ乃の隣にいた修兵衛は、うっと呻いて身を仰《の》け反《ぞ》らせた。番頭は座ったままで腰を抜かし、ツタも目をむいた。

言いたくないことを言わせて、申し訳なかったと冬吾はかよ乃に詫《わ》びた。けれどもこうしなければならなかったのです、と。

「この件を解決するには、何が何でも、もう一人のあなたをこの場に引っぱりだす必要があったので」

かよ乃はそれでもまだ、身を硬くして俯《うつむ》いている。振り返ろうとはしない。まるで自分の後ろにいるモノのことを、端《はな》からそれがそこにいたことがわかっていたかのように。

『子供の頃からいつも、いつもいつも、父と母は妹しか見ていなかった。妹が寝込んだといっては夜も寝ずに看病をし、妹が笑えば一緒に笑い、欲しい物があれば何でも買って与えた。奉公人たちまでが妹の心配ばかりで、家の中はいつでも妹を中心に回っていた。誰も私を見なかった。私は放っておかれた』

なんと昏《くら》い声だろう。吹き荒《すさ》ぶ風の、泣き声にも似たうなりのようだ。

『並んで一緒に歩いていても、美しいと褒められるのは妹だけ。琴も踊りも、上手だと褒められるのは妹ばかり。だから習い事はやめてしまった。せめて家の中のことだけでも上手になれば、褒めてもらえると思って、見よう見まねで女中たちの手伝いをしたの。

掃除や洗濯やお台所のことをしたら、女中たちは喜んでくれて、それがとても嬉しかった。……だけど、父に叱られた。みっともないと。大店の娘が習い事もせずに女中の真似事《まねごと》などして、外聞が悪いと』

やめて、とかよ乃は呟いた。震える手で、顔を覆った。

かまわず、一人法師は小さく悲鳴をあげつづけるかのごとく、言葉を紡《つむ》ぐ。

『妹が、芝居を観にいくからと新しい着物を母にねだったの。私も一緒に誂《あつら》えてもらえることになった。呉服屋でとても綺麗な反物を見つけて、私は一目で気に入ってそれを選んだのだけれど、妹も同じものを欲しがって……母は、その色柄はお仙の顔立ちと肌の色に映えるからと。私には似合わないから、別のものを選べと……妹がその反物で誂えた着物を着ているのを見るたびに、私は悔しくて……みじめで』

「やめて。それ以上言わないで」

『妹には山ほど縁談がきても、私にはひとつもこなかった。奉公人たちは陰でこっそり笑っていたわ。そりゃあ、かよ乃お嬢様とお仙お嬢様を並べて比べれば、お仙お嬢様のほうに目がいくにきまっている。かよ乃お嬢様もお気の毒に。三好屋ほどの大店の婿になれるんだ、お仙お嬢様と姉妹でなけりゃ、それなりの縁談もきたろうにって』

「言わないで。黙って。お願い。――もう、黙ってちょうだい！」

かよ乃の金切り声が、座敷に響き渡った。

初めてこの人の大声を聞いたと、るいは思った。人形じゃない声だ。癇癪《かんしゃく》を起こした若い娘らしい声だ。

あやかしはひたと言葉を止めた。場が一瞬静まり返る。

かよ乃は手をおろすと、ようやく顔をあげた。真っ青になって、喘《あえ》ぐように肩を上下させた。

「どうして」

それは、修兵衛に向けた言葉だった。

かよ乃は畳に手をつくと、修兵衛に対してぐっと身を乗りだした。

「なぜ私を、離縁なさらなかったのですか。わかっていたのなら、日立屋がこんなことになってしまったのが私のせいだと最初から知っていたのなら、この方が仰るように私を店から追い出せばよいだけのことだったじゃないですか。それなのに、どうして。どうせあなたにとっては、世間で笑いものの三好屋の姉娘を、お情けで嫁にもらってやったにすぎなかったのでしょうに……！」

強く詰《なじ》る口調に、修兵衛は呆気《あっけ》にとられてかよ乃を見つめた。大きな目をぎょろつかせ、ぽかんと口を開けているところは、まさに狛犬の片割れだ。

と、ふいに修兵衛は畳を蹴るような勢いで立ち上がった。善次郎、と叫ぶ。

「あれだ！　あれを持ってこい！」

「あ、あ、あれとは？」

忠実な番頭は、主人の一声で抜けていた腰がしゃっきりしたらしい。思わず自分も立ち上がってから、困惑した。

「丸友屋《まるともや》さんから買ったあれだ！　私の部屋に置いてあっただろう！」

「……丸友屋？　ああ、あれですね」

やっと合点して、かしこまりました今すぐにと、番頭は転がるように部屋を出ていった。修兵衛もみずから後を追うように廊下へ飛びだし、どこぞへか駆け去る。が、その慌ただしい足音がすぐにまた近づいてきて、座敷にふたたび姿を見せた時には、幾つもの箱を手に持っていた。

それをかよ乃の前に並べて蓋を取ると、中に入っていたのは簪《かんざし》や櫛である。簪は金銀鼈甲《べっこう》、珊瑚《さんご》や翡翠《ひすい》の一つ玉、櫛は螺鈿《らでん》と蒔絵《まきえ》、どれも凝《こ》った細工を見れば一流の職人の手によるものとわかる。若い娘ならば一度は髪に飾ってみたいと思うに違いない、きらきらと美しい品々だ。

「これは……？」

かよ乃が目を瞠っていると、今度は番頭が反物を山ほど抱えて、息せき切って座敷に飛び込んできた。とたんに足袋の足を滑らせて「わあっ」とよろけたのは、よほど慌てていたからだろう。腕から落ちた反物が、転がり解けて、畳の上に豪奢《ごうしゃ》な色彩の流れを幾本も重ねた。藤色、紅色、深緑色。そこに描かれた花々や扇や鳥や、様々な文様の組み合わせの可憐《かれん》さ、華やかさ。

「おまえのために、買い求めた物だ」

修兵衛は色黒でもそうとわかるほど、顔を赤くして言った。

「私のために？」

「おまえには、こういう物が似合うと思ってな。けれどもおまえは華やかな装いがあまり好きではないようだったので、今まで言いだせなかった。だが、もしそうではないのなら……その、妹に譲ったという反物の代わりにはならないかもしれないが……」

かよ乃はいっそう目を見開いた。おずおずと、目の前の簪に手をのばし、そっと触れた。

「こんな、高価な物を」

「かまわん。店の金ではない。私が自分のために蓄えていた金で買った物だよ。誰にも文句は言わさん」

「旦那様はこの半年、外出のたびに呉服屋へ寄ってらしたんですよ。そっちの櫛や簪は特注品で」

落とした反物をもう一度丁寧に巻き直しながら、番頭がすかさず言い添えた。

「おまえは少し誤解をしている。私は三好屋さんに何度も足を運んで、ご両親にぜひにと頭を下げて、やっと許しを得ておまえと夫婦になったんだ。嫁にもらってやっただなどと、とんでもない話だ」

「……そんなこと」

かよ乃はゆるゆると首を振った。そんなわけはない。お仙のほうがよかったにきまっている。だってお仙に比べたら、私は……私は。

「おまえは知らなかったろうが、私はおまえが子供の頃から何度も見かけていたのだよ」

最初は、修兵衛が日立屋を継いで間もなくのことだ。商いの得意先をまわっている途中で、三好屋の裏手で遊んでいるかよ乃を見かけた。

「おまえは一人で、お手玉で遊んでいた。そして、そばに……その、あやかしがいた」

修兵衛は首を巡らせると、かよ乃の背後にいる一人法師に目をやった。

黒いあやかしは、今は無言のまま、ひっそりとただそこに佇んでいた。反物を巻き終えた番頭が、その姿を横目で見て「なんだかもう、見慣れましたよ」と嘯《うそぶ》いたのに対し、「おや、そのわりにお顔の色がまだよくありませんねえ」とツタは容赦がない。

嘘ですと、かよ乃はまた首を振った。

「あなたがご覧になるはずはありません。これは、誰にも見えなかった。三好屋にいた時には、誰一人、私がこれ……このあやかしと一緒にいることに気づく者はいませんでした」

私には見えたのだと、修兵衛はきっぱりと言った。――なぜなら。

「かつては私も、一人法師に取り憑かれた寂しい子供だったからだ」

日立屋修兵衛には、二つ違いの兄と、一つ下の弟がいた。兄は幼い頃から頭がよく手先も器用で、弟は物怖《ものお》じせぬ愛嬌者であったから誰からも好かれた。ところが真ん中の修兵衛ときたら、これが兄弟とは正反対、不器用で口下手で、何につけても気が利かない。おまけに、そこそこ目鼻立ちの整っていた兄や弟に比べて、見栄えもよくなかった。生まれついての色黒に加えて身体つきはずんぐりしており、大きな目ばかりがぎょろぎょろ動く。子供の頃の名は亀之介《かめのすけ》であったから、ついたあだ名は「どん亀」だ。大人たちからは愛想が悪いの可愛げがないだのと言われ、近所の子供たちからはよくからかわれた。

そのうえ、当時存命であった祖母は跡継ぎの兄を贔屓し、その姑《しゅうとめ》と折り合いのよくなかった母親は対抗心からか弟をことさら可愛がった。それを目の当たりにしていた修兵衛の、いや幼い亀之介の心がだんだんと萎《しぼ》んでいじけてしまったのは、仕方のないことだろう。

「私もね、おまえと同じように思ったものだ。私はいらない子だと。だけどおまえよりも、もっと悪い。私はすっかりひねくれちまっていたから」

意固地になっていつも一人でいるようになった。話しかけられても、ろくすっぽ返事もしなかった。そうしてますます疎《うと》まれたと、修兵衛は言って、苦笑した。

（ひどいわ）

るいは自分の眉間に皺が寄るのを感じた。聞いてみれば修兵衛とかよ乃は、なんとも似たような境遇の子供時代を送っていた。十分恵まれた家に生まれ、二親が揃っていながら――いや、だからこそ、自分はこの家にはいらない人間なのだと、そう思い知らされてしまった幼い子供が抱えた、寂しさ、辛さ。

そこに、一人法師があらわれたのだ。

自分のそばに突然黒いあやかしが出現したのを見ても、不思議と怖くはなかったと修兵衛が言うと、かよ乃もそっとうなずいた。

「あのままだったら私は、どうしようもなく性根の曲がった大人になっていただろうね」

修兵衛が十二になった年の冬のことだった。近所で火事が起こり、火の手は日立屋にまでせまった。幸い店は焼け残ったが、逃げた先で母親と兄と弟が火の手にまかれて命を落としたのは、何とも皮肉な話であった。

「兄弟の中で一人生き残った私に、祖母が言ったんだ。おまえではなく、兄が生きていてくれたほうがよかったと。私もそう思ったものだがね」

ところが、祖母のその言葉に、日立屋の主人である父が烈火のごとく怒り狂った。

「この子を貶《おとし》めるようなそんなひどいことは、二度と言わないでくれ。自分にとっては三人ともが大切な息子だ。そのうちの二人を失って、どれほど悲しいか。せめて亀之介だけでも助かってくれたことが、どれほどにありがたく嬉しかったか、と。――父は寡黙《かもく》な人で、声を荒らげることなど滅多になかったから、そうやって祖母を怒鳴りつけたのを聞いて、私は心底驚いたんだよ」

その時、まるで憑き物が落ちたように心が軽くなったのだと、修兵衛は言う。むろん、母親や兄弟が死んだことを悼《いた》まなかったわけではない。わだかまりはあっても、身内を亡くしたことはやはり悲しい。

それでも、父親の言葉は彼のいじけていた心に、泣きたいほど嬉しく沁《し》みた。

実際、修兵衛はその時、泣きだしてしまった。父親の前で大声をあげて、わんわん泣きじゃくった。その彼の頭を、父は何も言わずにいつまでも撫でてくれた。

「気がついてみれば、父が私を邪険《じゃけん》にしたことは、それまでもなかったんだ。親しく声をかけて可愛がってもらった記憶はないが、それは父が商い一辺倒の人だからで、兄弟三人ともが平等にそういう扱いだった」

そしてまた、思いだした。修兵衛が一人でいる時、ふと気づけば一人法師ではなく父がそばに立っていることが、何度かあった。そうして修兵衛に言ったものだ。「おまえはそれでいいんだ。ゆっくりでいいんだ。大丈夫だ」と。

心ゆくまで泣いて、自分の中にあった暗い、悲しいものを全部涙とともに流し尽くしたその日から、一人法師が彼の前にあらわれることはなかった。

「最初におまえを一目見た時に、わかったよ。おまえもかつての私のように、寂しい子なのだとね。それ以来、ずっと気にかかっていた」

言葉もなく自分を見つめているかよ乃に、修兵衛はうなずいた。

三好屋に薬を届けに行くたび、かよ乃の姿をさがした。しかしいつ見かけても、少女のそばには一人法師がいる。そのことに、修兵衛は少なからず胸を痛めた。

きっといつか自分にとっての父のような存在があの子にもあらわれる、そうすればあの子ももう寂しくはないはずだと、修兵衛はむしろおのれに言い聞かせつづけた。

だが、少女が成長して娘らしくなっていっても、一人法師はその傍《かたわ》らから消えることはなかった。

「だから――」

修兵衛はまた顔を赤くした。そこまで淀《よど》みなかった言葉が、いきなりつっかえた。

「私はね、その、思ったんだ。つまり……私にとっての父のようなものに……私自身が、おまえにとってそういう存在になれないか、と」

え、と言ったきり絶句して、かよ乃は目を見開いた。

「けれども、日立屋に嫁いできても、そのあやかしはおまえのそばから消えなかった。それどころか、皆にもその姿が見えるようになって、ようやく私は自分の驕《おご》りに気がついたんだ。……おまえは私と夫婦《めおと》になることなど、望んではいなかったのだろう。何しろ親子ほども歳が離れているうえに、私ときたら子供の頃のまま気が利かないし、見てくれもこのようにお世辞にも若い娘が好むような顔ではない。なのにまったく思い上がった話で、おまえには悪いことをしたと思っていた」

「あの……」

かよ乃は見るからにうろたえている。修兵衛は番頭に顔を向けた。

「すまんね、善次郎。こういうわけだったんだ。店がこんなふうになってしまったのは、全部私のせいなのだよ。主人として私が不甲斐ないばかりに、おまえにも、皆にも迷惑をかけてしまった」

頭を下げられて、番頭はまたも腰を抜かしそうな顔になった。いえ旦那様、やめてください、とんでもない――と、へどもどと首を振る。

「あの、違います」

かよ乃が絞りだすように声をあげた。

「そうではないのです。私は……私が……」

「――一人法師が誰の目にも見えるようになったのは、三ヶ月前のことでしたね」

ふいに割って入った声に、皆がはっと息を吞む。それまで黙然とこの場の様子を見守っていた冬吾が、ここで口を開いた。

「そこにいる一人法師は、わけあってずいぶんと強い力を持ってしまったと、先ほど申し上げましたが」

人があやかしから影響を受けることがあるように、その逆もまたある。一人法師のように常に人の傍らにいるモノなら、なおさらのことだと冬吾は言った。

「ですから、原因はおそらくかよ乃さんにあったのです。――三ヶ月前といえば確か、三好屋のほうで妹さんの縁談がまとまったのがその頃ではないですか」

「……ええ」

かよ乃はうなだれるようにうなずいた。

「京橋《きょうばし》の同じ紙問屋の次男だという人を、婿にすると聞きました。妹も、見合いの席で相手を一目で気に入ったとかで」

「そうだったのか。しかし、それが」

どうかしたのかと、修兵衛は怪訝な面持ちだ。

「妹さんが婿をとって正式に三好屋の跡取りとなれば、今度こそ本当に実家に自分の居場所はなくなる。……あなたはそう、考えたのでは」

かよ乃は胸元に手をあてた。まるで冬吾に胸の内を見透かされて、慌てて隠そうとしたかのようにも見えた。

「ええ。そのとおりです。――もとからあの家に自分の居場所はないと思っていたはずなのに、妹の縁談が決まったと聞いたとたんに、もうあそこに戻ることはできない、本当に私がいることのできない場所になってしまうんだと、そう思ってしまって」

その時、一人法師がうっそりと口を開いた。

『あんな家でもたったひとつ、私が育った場所だった。嫌なことばかりでも、この世でひとつきりの拠《よ》り所《どころ》だったのに。三好屋はいずれ妹夫婦のものになって、私にはもう他人の家と同じになってしまう。お情けで日立屋の嫁にもらわれてきた私には、実家どころかこの世のどこにも、居場所なんてない。今度こそ、私はひとりぼっちだ。ひとりぼっちだ。ひとりぼっち――』

寂しくて、寂しくて。

（そっか……）

そういうことだったのかと、るいは思う。かよ乃のそばにいた、彼女の影のようなものにすぎなかった一人法師が、くっきりと他人の目にも見えるようになった理由。

（かよ乃さんが、これまでよりももっと、ずっと寂しくなってしまったから）

一人法師は孤独で寂しい人間に、取り憑く。その人の孤独を糧《かて》に……と言っていいかどうかはわからないが、孤独を反映する存在であることには違いない。そのあやかしが、かよ乃の中で膨れあがった寂しさに、少なからず影響を受けてしまったのだとしたら。

彼女の抱いた底なしの孤独から力を得た――ということではないのか。

かよ乃は、ごめんなさいと詫びた。修兵衛に向かって。

「ごめんなさい、ごめんなさい。許してください」

このあやかしのせいで、私のせいで、日立屋が大変なことになってしまったのに、どうしても自分が原因なのだとは言いだせなかった。皆が怯えていても、知らない顔をして黙っているしかなかった。

さっきは取り乱したあまりになぜ離縁しなかったのかと修兵衛を問い詰めたが、本心では日立屋から出されることが怖かった。追い出されても、実家には帰れない。帰れば縁談の決まった妹とまた比較されて、笑いものにされると思った。

「私は、知らなかったんです。あなたがすべてご存じだったなんて。何もかも知っていて、私をここに置いてくださっていたなんて。私を……子供の頃から見てくれていただなんて……!」

申し訳ありませんと、かよ乃は恥じ入るようにまた顔を覆った。

「私もひねくれていたんです。妹と自分をいつも比べて、どうしようもなく、いじけて、心がひねくれてしまっていたんです」

修兵衛は呆気にとられたようにかよ乃を見ていたが、やがておそるおそるというように言った。

「それは、つまりその……私は、おまえに嫌われていたわけでは……」

違いますと、かよ乃は激しく首を振った。違います、あなたを嫌ってなんていません。

「なんだ。そうか。そうだったのか。……よかった」

修兵衛はいかつい肩から、ほうっと力を抜いた。そうかそうかと噛みしめるように呟くうち、その表情が雲間からお天道様がのぞいたように明るくなっていった。

よかったという言葉に、かよ乃は驚いたように顔をあげて、彼を見た。

「でも、お店が……」

「心配はいらん。店はどうにかなる。——そうだろう、善次郎」

いきなり名前を呼ばれて、番頭は両方の眉を下げた。

「はあ。どうにかなるというか、どうにかしなければならないと言いますか」

「もちろんだ。どうにかする。どうにかしてみせるとも！」

修兵衛の太い、だが晴れやかな声が座敷に響き渡った。

唖然《あぜん》としているかよ乃の肩に、反物の布がふわりと掛けられた。

「ああやっぱり、これが一番よくお似合いですねえ」

いつの間にか傍らに来ていたツタが、萌黄《もえぎ》に貝合わせの草花を描いた生地と、かよ乃の顔を見比べて言う。かよ乃は思わずというように、わずかに身を引いた。

「私には似合わないわ。こんな綺麗な……」

「いいえ。これで仕立てた着物を着て、旦那様からいただいた珊瑚の一つ玉でも髪に挿せば、お嬢様はお仙様に負けず劣らず美しくおなりですよ」

「馬鹿なことを言わないで。私がお仙ほど美人のわけがないじゃないの」

「違う花というだけです」

ツタはきっぱりと言った。

「ご姉妹ですもの。本当は似ていらっしゃる。お仙様より足りないものといえば、そうですね、にっこり笑った顔でしょうかね」

堂々と笑っていてくださいなと、老いた女中は言った。

「どこにだって、陰口をたたく輩《やから》はいます。そんなもの、いちいち気にすることはないんです。――お嬢様はもうお忘れかもしれませんが、三好屋にいた頃に、あたしゃ足を捻ってしまったことがありましてね。痛いわ動けないわで困っていたら、その時まだ小さかったお嬢様が、雑巾がけや水汲みを手伝ってくださった。あたしはもう、申し訳ないやらありがたいやら。三好屋の旦那様はお嬢様をお叱りになりましたけど、女中たちは皆、お嬢様があたしらのところに顔を出してくださることを、嬉しく思っていたのでございますよ」

それはこの日立屋の女中たちも同じでしたと、つけ加えた。

かよ乃は目を大きく見開いた。その目尻にみるみる膨れあがったものが、ぽろりと零《こぼ》れる。ぽろぽろと、あとからあとから涙はとめどなく落ちて、ついにかよ乃は両手の甲を目に押し当てて、声をあげて泣きだした。まるで幼い子供のような泣き方だった。

ああもう、大丈夫だ。なんだかそんな気がして、るいはこそっと冬吾のそばに寄った。

「これで解決ですよね」

明るい声で言うと、冬吾はふんと仏頂面《ぶっちょうづら》で鼻を鳴らした。

「結局、あやかしではなく人間の側の問題だ。おかげで他人の家庭の面倒な事情に首を突っ込む羽目になった」

その言い草に、るいは笑いを噛み殺す。

泣きじゃくるかよ乃に、ツタはまだ何か声をかけているようだ。修兵衛と番頭はその様子をおろおろと見守っている。

そして、一人法師は――。

るいは目をぱちくりさせた。かよ乃の背後にひっそりと佇んでいた黒いあやかしの輪郭が、ふいにくにゃりと歪《ゆが》んで萎んだみたいに見えたのだ。まるで人々にお辞儀をするかのように、身体を大きく一度、揺らしたかと思うと。

次の瞬間、一人法師の姿は跡形もなく、その場から消え去っていた。

五

冬吾が辰巳神社を訪れたのは、それから半月後のことだった。

渋々だということは、いつにもまして不機嫌なその様子でよくわかる。あまりにあからさまなので、そんなに嫌ならやめればいいのにと、お供でついて来たるいは道々思ったほどだ。

もっとも冬吾のことだ、どうにも実家のある猿江町へ足を向ける気になれないから、日立屋の一件から半月もぐずぐずしていたのだろうが。

神社に着いて取り次ぎを頼むと、客間に通された。ほどなく周音が顔を見せて、

「何の用だ」

開口一番、これである。挨拶も何もなしだ。こっちも相変わらずだわと、るいはため

息をついた。

「おまえに押しつけられた件のことだ。好きで来たわけじゃない」

「日立屋か。押しつけたとは人聞きの悪い」

「だったら、どういうわけだ。おまえにあのあやかしが祓えなかったはずがなかろう」

「あれは、祓ってどうにかなるものではあるまい？　あのかよ乃という女の、心の問題だった。悪いがこっちは、その手の相談は受け付けてはいない。だからそういうことがやたらに得意そうなおまえに、話をもっていくよう勧めたんだ」

先日、日立屋修兵衛が冬吾を訪ねてきて、ようやく店を再開することができました、これもすべて九十九字屋さんにご尽力いただいたおかげですと、あらためて礼を述べた。

暇をだした奉公人たちも、ほとんどが日立屋に戻ってきたらしい。客足はぼちぼちですがと言いながらも、修兵衛の表情からは、最初に見た時のような翳りや切羽詰まった色はすっかり消えていた。一人法師はあれから二度と姿を見せることはなく、かよ乃は見違えるように明るくなって、家の中を切り盛りしているという。

それはよかった、めでたいという話なのだが、修兵衛は律儀《りちぎ》に周音のもとにも挨拶に来たらしい。こちらは九十九字屋を紹介してもらった礼と、いかに事が解決したかの報告であった。

おかげで、周音に一部始終を説明する手間は省けたわけだが。

「よく言うものだ。私はまた――」

言いさして、冬吾は肩をすくめた。

「おまえが、あのあやかしに同情したのかと思ったぞ」

「一体、何のことだ」

互いに睨《にら》みあって、ふんとそれぞれ鼻を鳴らす。そういう所作《しょさ》も、よく似た兄弟だ。

常日頃あやかしを目の仇にしている周音であるから、相手に同情するなど有り得ないことだ。けど、るいも実は、少なからず気になっていた。

周音が敢《あ》えて一人法師を祓わなかったのは、かよ乃の境遇に、自分を重ねてしまったからではなかったかと。

(冬吾様は子供の頃は身体が弱くて、あやかしの毒気にあてられてすぐに熱を出したって言ってたから)

兄弟の母親である音羽《おとわ》はどうしても冬吾にかかりきりになって、周音はずいぶん寂しい思いをしていたらしい。

日立屋の一件から周音が手を引いたのは、きっとそのことと無関係ではないと、るいは思う。日立屋の二階であのあやかしに出くわした時に、周音もまた、かよ乃の孤独に苛《さいな》まれた本音《ほんね》を聞いたに違いない。

冬吾ももちろん同じことを考えたから、嫌々ながらもここへ足を運んだのだろう。

ひとつ大きく息を吐くと、冬吾は真顔になった。

「おまえも……子供の頃に一人法師を見たことがあったのか？」

「私が？　あんなモノが見えるわけがなかろう」周音は顔をしかめた。「仮に見たとしたら、それこそ自分でとっとと祓っている」

確かに、周音様ならやりかねないわねと、るいはこっそりうなずく。

「おまえは、そんな話をしにわざわざ来たのか」

冷ややかに言われて、冬吾は束の間、押し黙った。そうしてから、ぽつりと呟くように、

「……すまなかった、周音」

今度は周音が黙り込む番だった。珍らかなものでも見るように冬吾を見つめてから、何を思ったかすっと腰を上げて、冬吾の前に立った。

ごつん、と鈍い音がした。

「——っ！」

拳骨《げんこつ》で殴られた頭を抱えて、冬吾は驚いたように周音を見上げた。るいも仰天して、目をまん丸にしてしまう。

（ええぇ、周音様が、冬吾様をぶった？　しかもゲンコって、子供のケンカじゃあるまいし⁉）

いや。多分にこれは、子供のケンカだろう。

「痛いだろうが！　こっちが謝ったというのに、どういうつもりだ⁉」

「さあな」

周音はしれっとした顔で拳を開くと、これ見よがしに振って見せた。

「よくわからんが、おまえに詫びられると、無性に腹が立つ」

「何だと？」

「私があやかしに同情したなどと、見当違いも甚《はなは》だしい。だいたい、今さらおまえに謝られたところで、ありがたくも何ともない」

「ああ、そうか」

冬吾は立ち上がると、険悪な顔で周音を睨みつけた。

「考えてみたら、おまえにはさんざん嫌がらせをされてきたんだ。詫びる必要はなかったな」

「わかったら、もう顔を見せるな」

「二度と来るか！」

足音荒く踵を返して部屋を後にした冬吾を追いかけながら、その台詞《せりふ》は前にも聞いたけどと、るいは思ったのだった。


「へえ、周音が殴った？　冬吾を？　……そりゃ傑作だね」

話を聞いたナツがぷっと噴きだした。ケラケラとさも可笑しげに笑うものだから、るいは「二階に聞こえますよ、ナツさん」と慌てた。

辰巳神社から戻った冬吾は、憤懣《ふんまん》やるかたないという様子でそのまま自分の部屋にこもってしまった。居合わせたナツに何事かと訊かれたものだから、るいは周音と冬吾との遣《や》り取りを説明したところである。

「笑い事じゃないですよ」

るいは口を尖《とが》らせた。

「帰る途中、冬吾様があんまり不機嫌なもんで、あたしも気まずくて」

「ご苦労さんだったね」

ナツはようやく笑いを噛み殺す。

「けどサ、周音にしてみりゃ、大喜びで苛《いじ》めている相手から謝られちゃ、面白くないだろうよ」

そんなものかしらと、るいは首をかしげた。

「だったら今回の日立屋のことも、周音様のただの意地悪だったのかな」

「――だからおめえは、ガキなんだ」

と、傍らの壁から作蔵がしかつめらしく顔をだした。

「何よ、お父っつぁん？」

「てめえの仕事を他人にまかせる時にゃ、きちんと最後まで仕上げられる奴にしか頼まねえよ。さもなきゃ、てめえで手抜きをしたも同然てことにならぁ」

「左官の仕事とは違うわよ」

だって、それじゃまるで、周音が冬吾を信用しているように聞こえる。

「それにな、男ってなぁしょせん、意地の張り合い、見栄の張り合いで、つっぱらかって生きているようなもんだからよ。がっちり角を突きあわせている相手がいきなり退いちゃ、つんのめっちまわ」

結局、わかるようなわからないようなと、るいはため息をついた。

「冬吾様も周音様も、お互いのことになるとまるで子供みたいだわ」

いいんだよ、とナツは言った。

「あの兄弟は、それで。けんけん言いあって、子供みたいに相手に腹を立てて。それでも、言葉を交わすこともなかった以前よりもずっといい。そうやってゆっくりと、何とかなっていくことだってあるさ」

「うーん」

考えてみれば、冬吾が昔のことを謝って、周音がそれを受け入れて、二人のわだかまりが解けて仲良くなる……などということは、るいにも想像がつかないわけで。

（まあ、いいか）

ナツの言うとおりなのかもしれない。――そうならいい。

ふと、一人法師はどこへ行ったのだろうと、るいは思った。

今もあの寂しいあやかしは、寂しい人のそばに佇んでいるのだろうか。かつて赤い夕暮れ時に、お手玉をしていた幼い少女のそばで、そうしていたように。

日立屋にあらわれた一人法師は、暗がりで奉公人たちの髷や袖を摑んだという。もしかすると、それは、

――ここにいてほしい。ひとりぼっちは嫌。

かよ乃の想いであったのか、それともあやかし自身の願いだったのか。

そんなことを考えながら、

「……山王のお猿さんは、赤いおべべが大ぉー好き」

気づけばるいは呟くように、数え唄を口ずさんでいたのだった。

光文社文庫

文庫書下ろし
月《つき》の鉢《はち》 九十九字《つくもじ》ふしぎ屋《や》商《あきな》い中《ちゅう》
著者 霜《しも》島《じま》けい

2020年11月20日 初版1刷発行

発行者 鈴木広和
印刷 萩原印刷
製本 ナショナル製本

発行所 株式会社 光文社
〒112-8011 東京都文京区音羽1-16-6
電話 (03)5395-8149 編集部
8116 書籍販売部
8125 業務部

ISBN978-4-334-79062-2 Printed in Japan

組版 萩原印刷

大名　坂岡真
鬼役外伝　坂岡真
ひなげし雨竜剣　坂岡真
秘剣横雲　坂岡真
刺客潮まねき　坂岡真
奥義花影　坂岡真
泣く女　坂岡真
与楽の飯　澤田瞳子
花籠の櫛　澤田ふじ子
短夜の髪　澤田ふじ子
もどり橋　澤田ふじ子
青玉の笛　澤田ふじ子
城をとる話　司馬遼太郎
侍はこわい　司馬遼太郎
ぬり壁のむすめ　霜島けい
憑きものさがし　霜島けい
おもいで影法師　霜島けい

あやかし行灯　霜島けい
おとろし屏風　霜島けい
鬼灯ほろほろ　霜島けい
のっぺら　霜島けい
ひょうたん　霜島けい
とんちんかん　霜島けい
伝七捕物帳　新装版　陣出達朗
父子十手捕物日記　鈴木英治
徳川宗春　高橋和島
古田織部　高橋和島
雲水家老　高橋和島
酔ひもせず　田牧大和
彩は匂へど　田牧大和
落ちぬ椿　知野みさき
舞う百日紅　知野みさき
雪華燃ゆ　知野みさき
巡る桜　知野みさき